Les Marie-Louise

de

1814

Roman historique

Jean–Marc Becquet

Dépôt légal octobre 2018, ISBN : 979-10-94133-25-5

JMB EDITIONS

Couverture © **Matthias Becquet**

Prix 7,90 €

Préambule.

Le 9 octobre 1813, un décret signé par l'Impératrice régente Marie–Louise appelle 120 000 conscrits à rejoindre les casernes. Il fait suite à un courrier envoyé par l'Empereur qui est à Dresde, en campagne, essayant de contenir la 6e coalition, qui voit tous les états européens, sauf l'Italie, réunie pour le combattre.

C'est la troisième mobilisation de l'année, en janvier 350 000 hommes, en avril 180 000 hommes, et en octobre les 120 000 hommes que l'on appellera les « Marie-Louise », du nom de l'Impératrice qui a signé le « senatus-consulte », et qui deviendra le « décret Marie-Louise ». Ces levées en masse ont été rendues indispensables de par les pertes énormes de l'armée française, durant la campagne de Russie.

Ces jeunes gens sont novices dans le maniement des armes. Ils ne recevront qu'une formation militaire très courte, et seront envoyés au front rapidement, puisque les coalisés franchissent la frontière du Rhin le 2 décembre 1913, entamant, en plein hiver, la campagne de France.

Ils sont entourés des vétérans de la Grande armée, et avec eux, Napoléon remportera dix victoires en quelques semaines, créant le doute au sein des armées ennemies.

Le 3 janvier 1884, Paris

Lettre d'Henry Houssaye[1].

Cher ami, je te remercie de tes bons vœux pour cette nouvelle année. Je t'adresse les miens en retour et espère te voir en excellente santé lors de notre prochaine rencontre au printemps.

Il est vrai que faire le voyage jusqu'au fin fond de ta Bretagne en plein hiver est chose presque impossible. Par contre, il y a deux mois, j'ai voyagé dans l'Orient-Express qui, comme tu le sais, a été inauguré en octobre de l'année dernière. J'ai donc fait le voyage jusqu'en Turquie, à Istanbul, sa destination finale. Je faisais partie des 24 passagers ayant eu la chance de faire le voyage inaugural. Malgré le prix élevé de cet évènement[2], je ne le regrette pas. Quel luxe ! Quel confort ! Quelle aventure ! Deux semaines de voyage, quatre jours pour arriver à destination, cinq jours pour visiter la ville, et le retour. Nous avons traversé l'Europe, l'Allemagne, l'Autriche, la Hongrie, la Roumanie, la Bulgarie, et enfin la Turquie.

[1] Né en 1848, historien, critique littéraire, écrivain, il est élu à l'Académie française en 1894.
[2] 700 francs-or, soit l'équivalent de nos jours de 15 000 euros.

Cette Europe qui nous avait envahis, tu me l'as rappelée dans ta dernière lettre, il y a 70 ans maintenant. Tu m'as posé la question de savoir ce que voulaient dire les « Marie-Louise », mon cher ami, et bien je vais te les décrire.

On les appelait les « Marie-Louise », ces pauvres petits soldats arrachés à leur foyer et jetés, quinze jours après l'incorporation, dans la fournaise des batailles. Ce nom de « Marie-Louise », ils l'ont inscrit avec leur sang sur une grande page de notre histoire.

C'étaient des « Marie-Louise », ces cuirassiers sachant à peine se tenir à cheval, qui, à Valjouan, enfoncèrent cinq escadrons et sabrèrent les régiments ennemis avec tant de fureur qu'ils ne firent pas de quartier. C'étaient des « Marie-Louise », ces chasseurs dont le général Delort disait, au moment d'aborder l'ennemi : « *je crois qu'on perd la tête de me faire charger avec de la cavalerie pareille* », et qui traversèrent Montereau comme une trombe, culbutant les bataillons autrichiens massés dans les rues. C'était un « Marie-Louise », ce tirailleur qui, indifférent à la musique des balles comme à la vue des hommes frappés autour de lui, restait fixe à sa place sous un feu continu, sans riposter lui-même, et répondait au maréchal Marmont, qu'il demandait pour quelle raison, il ne faisait pas feu, lui répondit ; « *je tirerais aussi bien qu'un autre, mais je ne sais pas charger mon fusil* ». C'était un « Marie-Louise », ce chasseur qui, à Champaubert, fit prisonnier le général russe Olsoufiev et ne voulut le lâcher que devant Napoléon. Des « Marie-Louise » encore, ces voltigeurs du 4e régiment de la Jeune Garde, qui à la bataille de Craonne se maintinrent trois heures sur la crête du plateau, à portée des batteries ennemies dont la mitraille faucha 650 hommes sur 920 !

Ils étaient sans capote, par huit degrés de froid, ils marchaient dans la neige avec de mauvais souliers, ils manquaient parfois de pain, ils savaient à peine se servir de leurs armes… Et pendant toute la campagne, pas un cri ne sortit de leur rang qui ne fut une acclamation pour l'empereur. Voilà, cher ami, ce qu'étaient les « Marie-Louise ».

Au revoir, mon ami, ne doute pas de mon amitié.

Le 23 janvier 1884, Quimper.

Lettre à Henry Houssaye.

Cher ami,

Je t'écris un peu tard, mais un mauvais rhume m'a cloué au fin fond de mon lit. Je me remets maintenant après les bons soins de mon médecin de famille. Sais-tu qu'un médecin allemand du nom de Koch a découvert l'année dernière une bactérie, qu'il a nommée bacille et qui est responsable du choléra. Le manque d'hygiène est, selon mon médecin, à l'origine de cette maladie, comme presque toutes les maladies contagieuses, d'après lui.

Merci pour ta description des « Marie-Louise ». Je me demandais l'autre jour dans le fin fond de mon lit, qu'elle était la situation de cette France de 1814. Comme tu le disais, 70 ans nous en séparent, c'est proche à l'échelle de l'Histoire, et très lointain à l'échelle de notre vie.

Je me suis donc documenté, et voici les détails de la France à la fin de cette époque impériale, à travers les sources que j'ai pu consulter.

Notre pays en 1814 compte 130 départements, ce qui m'a fortement surpris. J'ai donc appris que le département du Léman, avait comme chef-lieu Genève, le département de Rome, Rome, le département de Zuiderzée, Amsterdam, le département des Bouches de l'Elbe, Hambourg. Comment maintenir une Europe entière sous une seule domination, alors que tous les pays se sont tous unis pour nous combattre ? Enfin combattre Napoléon, car il semble bien qu'en 1814, la France ne veuille plus se battre.

On peut la comprendre. Dix ans qu'elle se bat contre l'Europe, et en faisant abstraction de quelques années de paix, 22 ans depuis l'appel de 1792. Des millions d'hommes tués, blessés, mutilés ont rendu notre pays exsangue. La misère est à la porte de chaque demeure, il n'y a plus de paysans, ce sont les femmes et les enfants qui labourent. Il n'y a plus d'ouvriers, les manufactures sont fermées. Les entrepôts débordent de marchandises qui ne peuvent plus être transportées faute de main-d'œuvre, les navires restent à quai, les diligences sont vides, les magasins sont déserts, les faillites sont innombrables.

Les jeunes hommes qui restent, sont enrôlés ou en train de se battre ou de se former pour se battre. Tu me parles de ces jeunes conscrits qui se sont remplis de gloire dans les batailles et qui acclament partout l'Empereur, mais j'ai appris que partout en France, les réfractaires et les déserteurs sont légions.

La France ne veut qu'une chose, la paix. Les oppositions deviennent la règle, les députés sont récalcitrants, les bourgeois et les libéraux espèrent le retour de la République, les rentiers et les nobles, le retour des Bourbons. On accuse l'Empereur de continuer la guerre, alors que les nations coalisées veulent la paix. On accuse son orgueil, son obstination et sa tyrannie de maintenir la France dans la détresse et le malheur. Qu'en dis-tu, cher ami ?

Mes sentiments les plus affectueux.

Le 28 janvier 1884, Paris.

Lettre d'Henry Houssaye.

Mon ami,

Tu me vois rassuré sur ton état de santé, il est vrai que je m'inquiétais de ne pas avoir de tes nouvelles durant une période aussi longue. J'ai bien lu ta description sur l'état de la France de 1814, et elle est vérité, mais tu oublies l'essentiel.

Les sentiments contre Napoléon qui animent les nobles, les bourgeois et les élites n'atteignent pas les campagnes et les ateliers. Les paysans et les ouvriers veulent aussi la paix, mais ils n'ont pas associé la guerre et l'Empereur. Pourtant, ils sont les seuls à payer de leur sang, ces campagnes. Les nantis se font remplacer[3] en achetant un homme pour aller se faire tuer sur les champs de bataille. Le peuple a gardé intacts sa foi et son dévouement à l'Empereur.

Dans les rapports des préfets et de la police, de cette année 1814, on note le calme et même l'adoration du peuple

[3] Tous les hommes de 20 ans se font recenser, sont jugés aptes ou non, et sont ensuite titré au sort, en fonction des quotas fixés par décret impérial. Celui qui tire un numéro qui le « conscrit » peut se faire remplacer par un autre qu'il trouve ou par l'intermédiaire de « marchands de remplaçants ».

pour Napoléon, même si l'on ne cache pas la misère, les désertions et les rébellions contre les agents de l'État. Il garde le prestige du général invaincu, du chef qui sait ce qu'il doit faire. Il est cependant certain que les levées de 1813 virent non seulement des célibataires être appelés, mais aussi des soutiens de famille, des veufs sans enfants, et même des hommes mariés. Inutile de te préciser que les campagnes et les forêts furent peuplées de réfractaires.

Il faut aussi noter les arsenaux de l'armée, vides d'équipement, de fusils, d'habillement. On manque de tout, et les jeunes recrues sont formées en étant équipées de peu de chose. Deux hommes sur trois sont à peine habillés et un sur deux, armés. Ils durent s'équiper sur les cadavres ennemis lors des premières batailles. L'Empereur pensait reconstituer et équiper les divisions durant l'hiver. La soudaineté de l'invasion au début de celui-ci, le prit de cours.

Comme tu le sais, les coalisés disent vouloir établir des négociations en novembre 1813, sans que celles-ci ne démarrent vraiment. Ils indiquent que Napoléon ne veut que la guerre et pourtant, ils franchissent le Rhin dans la foulée. Mes recherches m'indiquent que c'est Bernadotte qui a soufflé au Tsar, cette manœuvre.

Heureusement que nos guerres d'aujourd'hui se font bien loin de nos campagnes. Je viens de lire les dernières nouvelles de la guerre du Tonkin[4], qui voit nos marins se battre contre les pavillons noirs[5]. Nous sommes en guerre contre la Chine. Notre Troisième République se bat maintenant contre la dynastie mandchoue, et tout cela pour le contrôle de ce fleuve rouge qui relie Hanoi à la province chinoise du Yunnan. Sais-tu, mon ami, que notre République n'a rien à envier aux volontés expansionnistes de l'Empire !

La seule différence est le théâtre de cette soif de conquêtes, l'Europe pour Napoléon, la Chine pour notre gouvernement des Jules[6].

Bien à toi, mon ami, en attendant ta lettre.

---

[4] Région située au nord de l'actuel Vietnam.

[5] Soldats chinois irréguliers qui combattent les Français.

[6] Expression inventée par Victor Hugo, et désignant les chefs de gouvernement qui se succédaient au début de la IIIe République, Jules Simon, Jules Dufaure, Jules Ferry.

Le 5 février 1884, Quimper.

Lettre à Henry Houssaye.

Cher ami,

Je viens d'apprendre une nouvelle, la Bretagne devra suivre l'exemple de Paris. Chaque famille aura en possession un livret de famille[7], afin d'éviter les erreurs d'état civil si fréquentes. On parle aussi d'ici peu, d'autoriser les syndicats en France et d'abroger la loi Le Chapelier de 1791[8]. Enfin, nous évoluons vers la liberté de pouvoir se réunir et défendre nos intérêts.

Mais revenons à notre sujet qui, je l'avoue, me passionne. Tu me donnes des précisions supplémentaires lors de ta dernière lettre, sur les sentiments des Français vis-à-vis de l'Empereur. Mais tu ne dis pas que, lors de l'invasion de la France, les redditions furent nombreuses.

Épinal se rend à 50 cosaques, Mâcon à quelques hussards, Reims à un peloton prussien, Nancy à quelques

---

[7] Pour Paris, il fut institué en 1877, faisant suite à la destruction de l'état civil en 1871, lors des incendies de la Commune de Paris.

[8] Elle interdisait toutes organisations ouvrières, les corporations et les rassemblements ouvriers ou paysans. Cette loi est d'inspiration conservatrice et veut combattre le début des mouvements ouvriers. Bizarrement son auteur est guillotiné en avril 1794 pour menées subversives, mais la loi avait perduré.

éclaireurs de Blûcher, Langres à un coup de canon, et Chaumont à un cavalier allemand qui se présente à la porte de la ville.

Dès que le mot de « Cosaques » est prononcé, tous se sauvent ou se rendent. Il est vrai que les proclamations des coalisés facilitent ces redditions sans conditions. Ils promettent le respect des propriétés, le maintien de la discipline et l'interdiction du pillage.

Et que dire de la désorganisation qui règne partout sur le territoire national, les ennemis avancent tellement vite sur notre sol que les levées de troupes ne peuvent se faire, les préfets et sous-préfets s'enfuient. Les conscrits se retrouvent sans chefs, sans armes, sans équipement, et tu m'indiques que ces « Marie-Louise » se sont battues comme des lions ? Ton admiration pour Napoléon t'égare mon ami. Mais je ne veux pas te juger, ta liberté d'homme et d'historien, je la fais mienne. Sache que je suis tout à toi de cœur !

P.S. Je me suis renseigné sur mon prochain voyage pour venir te voir. J'avais pensé prendre le bateau de Quimper pour rejoindre Nantes, puis le chemin de fer pour Paris. Mais cela me retardera, le voyage en chemin de fer de Quimper à Paris me prendra deux jours[9].

---

[9] La ligne est ouverte en 1864, 16 heures de trajet sont nécessaires.

Le 10 février 1884, Paris.

Lettre d'Henry Houssaye.

Mon ami,

Enfin, nous allons prochainement nous voir, et en profiter pour continuer de vive voix notre échange sur la France de 1814.

Évidemment tes remarques sur les redditions nombreuses au début de l'année 1814 sont justes. Le maréchal de Caulaincourt note en janvier qu'il n'y a plus d'énergie en France et que la soumission des Français encourage les coalisés.

Mais le changement d'attitude fut rapide. Car il y a une grande différence entre les principes énoncés par des généraux-chefs des armées coalisées dans leurs déclarations de propagande et la réalité sur le terrain des troupes ennemies qui ne pensent qu'à piller, violer et tuer.

Les forfaits des Cosaques et des Prussiens renversent les attitudes et suppriment les redditions. Partout où ils se sont rendus maîtres du terrain, les villes, les villages, les bourgs, les masures doivent leur livrer de la nourriture, du bétail, des tissus, des vêtements, du vin, et de l'argent.

Ils se payent sur la population, les percepteurs doivent verser les contributions aux alliés. Les généraux et les officiers ennemis font leurs réquisitions, les soldats se livrent à leurs pillages, viols et incendies.

Partout, les exactions sont commises, mais les officiers ne veulent pas intervenir, prenant le prétexte qu'il ne s'agit pas de leurs troupes, quand ils ne permettent pas eux-mêmes les exactions pour deux heures ou une journée. Les vols et les saccages ne suffisent plus, ce qu'ils ne peuvent emporter est brûlé. Tout est dévasté, les maisons, les fermes, les magasins, les églises, les couvents, les hospices, les collèges, les écoles, les mairies, tout. Toutes les femmes, nubiles, nonnes et grands-mères y compris, de centaines de villes ou de villages furent souvent toutes violées par les hordes sauvages de ces coalisés.

Tout cela ramène à Napoléon, les plus critiques et les plus hostiles de nos compatriotes, et arme la population qui veut maintenant se défendre. Les paysans, les ouvriers, les bourgeois, et même les prêtres, sortent les armes, attaquent et massacrent les Russes, les Prussiens, les Autrichiens.

Pour te citer un exemple, le commandant de la ville de Montargis cite dans l'un de ses rapports, le curé d'un village de la région qui a pris la tête d'un groupe de partisan, armé de fusils qui défende leur contrée, dresse des embuscades, arrête les convois et massacre les gardes. En tant que chef, il est à cheval, la soutane retroussée, le fusil en bandoulière, et le sabre au côté. Il donne toujours le premier coup de feu.

Les officiers ennemis que l'on fait prisonniers au début de février indiquent que leurs troupes sont terrifiées par les Français en arme. Ils n'osent plus faire halte dans les villages et les bourgs. Ils sont en proie à la vindicte de bandes armées de 20 50 ou 100 personnes, qui se désigne un chef, et tendent des embuscades partout où cela est possible. Ce souvenir restera dans les mémoires des Prussiens, lors de l'invasion de 1870, la peur des francs-tireurs. La chasse est ouverte, et elle donne des résultats, des milliers de soldats ennemis sont abattus. Cette peur des habitants pousse certains à se rendre aux avant-postes de l'armée régulière française.

Mais cela n'est pas tout.

Il faut noter aussi, le départ de Napoléon le 25 janvier qui fait revenir l'espérance. Paris pense qu'il mettra à genoux les ennemis sur le sol de France. Et après les premières victoires, Champaubert et Montmirail, quand on vit défiler les colonnes de milliers de prisonniers russes, autrichiens, et Prussiens dans les rues de Paris, escortées par la Garde nationale, et avec leurs généraux, tête nue et désarmés, on ne doutait plus du succès de Bonaparte qui venait de se substituer à Napoléon. Il avait fini de jouer à l'Empereur, il jouait au général.

Adieu, mon ami, tout à toi.

P.S. Tu me disais dans ta dernière lettre que mon admiration pour Napoléon m'égarait. Je ne le pense pas. Je m'étonne par contre, sur le personnage et son histoire, tout en reconnaissant son génie que nul ne peut nier. Et puis qui se souviendra de nos Jules de la République ? Alors que je suis persuadé que dans quelques siècles, on se souviendra encore de cet homme !

Le 18 février 1884, Quimper.

Lettre à Henry Houssaye.

Cher ami,

En préambule, je te donne quelques nouvelles insolites des chroniques locales et régionales du Finistère, dont tu te réjouis et t'amuses tant.

Un journal indique qu'un marin de Brest qui se rendait à son mariage, accompagné de quelques-uns de ses compagnons, et dont la tenue n'était pas militaire, et pour cause, fut arrêté par un chef de patrouille de la marine et emmené au poste. La mariée et les gens de la noce les suivirent, ce qui encombra quelque peu celui-ci. Ce fut le commandant qui délivra le marié et ses compagnons.

Notre chef de la perception à la trésorerie générale a été arrêté pour faux en écriture et détournement de fonds public. Si même nos percepteurs deviennent des brigands, où allons-nous ?

Un habitant de Quimper, logeant près de la caserne, s'est plaint dans une lettre au journal, des sarcasmes et autres grivoiseries que les militaires derrière les grilles de la caserne délivrent aux femmes qui passent près d'eux. Sa sœur accompagnée de sa bonne ayant fait l'objet de ceux-ci. Il a donc écrit au colonel de la garnison, qui n'a pas daigné lui répondre, considérant sans doute que les insultes ne méritaient pas une offensive militaire immédiate pour rétablir les bonnes mœurs. Notre homme s'est donc plaint à plusieurs reprises à l'adjudant de semaine, qui n'a pas voulu non plus, faire cesser ses primautés. Il espère que sa lettre envoyée au journal qui l'a fait paraître sera lue par le colonel.

Mais revenons à notre correspondance épistolaire principale depuis le début de cette année.

Tu as raison. Dans mes recherches, j'ai noté d'après le « Journal d'un prisonnier anglais, 1811-1814 », de Lord Blaney, qu'il indique que tous les Parisiens se sont portés sur le parcours des colonnes de prisonniers. Même la bourse est déserte, pour manifester le soutien à Napoléon. Les gardes nationaux doivent repousser la foule. Il note que ces pauvres hères ressemblent plus à des bohémiens qu'à des soldats. Durant une semaine, du 17 au 25 février, des colonnes russes, prussiennes et autrichiennes défilent dans les rues et redonnent confiance dans le triomphe final de Napoléon.

Et pourtant, malgré les victoires de Saint-Dizier le 27 janvier, de Brienne Le Château le 29, de Champaubert le 10 février, de Montmirail le 11, de Château-Thierry le 12, de Vauchamps le 14, de Mormant le 17, de Montereau le 18, de Craonne le 7 mars et de Reims le 13, moins d'un mois plus tard, le 6 avril, il abdique.

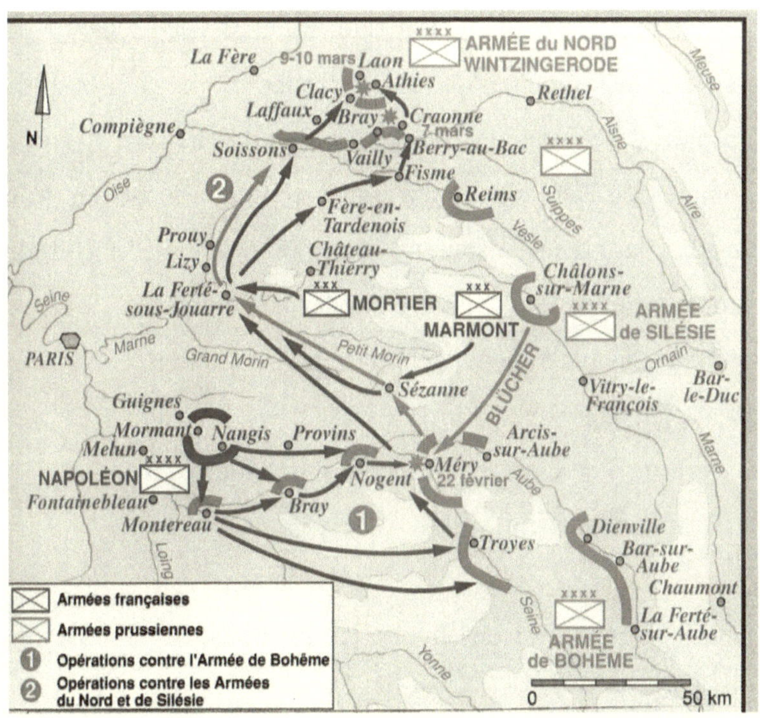

Comment l'expliquer ?

Les coalisés demandent à la fin du mois de février une suspension d'armes, et semblent en pleine déroute. Le 25, les trois Empereurs et Rois de Russie, de Prusse et d'Autriche se réunissent pour savoir ce qu'ils doivent faire. La retraite est sur le point d'être décidée. La réunion est violente, et la coalition prête à éclater.

Un diable d'homme avec, dit-on, 70 000 soldats, tient tête et met en déroute 350 000 ennemis, les 200 000 de l'armée de Bohème de Schwarzenberg, les 150 000 de l'armée de Silésie de Blücher, sans compter les 200 000 hommes de Bernadotte, qui lui se contente de ne pas trop envahir la France, espérant succéder à Napoléon comme Empereur et ne voulant pas s'aliéner les Français.

Le génie avait supplanté le nombre.

Je tombe de fatigue, il est tard, je te quitte, à bientôt.
Ton meilleur ami.

P.S. Donne-moi des nouvelles de Paris, la capitale me manque.

Le 24 février 1884, Paris.

Lettre d'Henry Houssaye.

Mon ami,

Bravissimo ! Tu as décrit la situation militaire de Napoléon avec brio à la fin de mois de février, et tu poses la bonne question : pourquoi ?

Mais avant de te répondre et de te dire mon opinion sur cela, laisse-moi te donner quelques nouvelles de la capitale.

Il y a eu un bal costumé chez la Comtesse de Sales, dont le thème cette année était les plantes potagères et médicinales. Franc succès de Monsieur de P. en melon, de l'opulente Marquise de L. en citrouille, du Baron de N. en poireau, de Mademoiselle de Béatrice de M. en ciboulette. Sur un canapé, on a remarqué une carotte exquise discutant avec un navet filandreux. Certaines aubergines brunes et des tomates vermeilles ont beaucoup dansé avec des oignons vigoureux et des topinambours entreprenants, dit-on ! On a remarqué Mademoiselle Yvonne L. en pomme de terre, et Madame R. en rhubarbe monumentale. On dit que les salons étaient joliment décorés en fleurs de tisane et que le prix d'entrée de ce joyeux divertissement ira aux œuvres de charité de la Comtesse[10].

Plus sérieusement, on parle toujours de ce scandale du cercle de jeux de la rue Royale, où l'on a découvert des cartes piquées et truquées, les arrestations se sont multipliées parmi les dirigeants et les croupiers.

Enfin, et c'est dans le journal de ce jour, Monsieur Ferdinand de Lesseps vient d'être élu à l'Académie française.

Revenons maintenant, mon ami, à la campagne de France. Oui, tu as raison. Après la victoire de Montmirail, le moniteur annonçait ; « *Toute l'armée ennemie a été culbutée. L'ennemi enfoncé de toute part est dans une déroute complète. Les résultats sont immenses. L'armée russe est presque détruite. Napoléon, lui-même, pense qu'il a inversé le cours des choses. Il ordonne à Caulaincourt qui négocie à Châtillon de ne rien céder aux coalisés* ».

[10] Journal Ruy Blas du 18 février 1884.

Avant de poursuivre, je voudrais te décrire ces négociations de Châtillon.

C'est à la fin du mois de janvier que les pourparlers entre les pays Autriche, Russie, Prusse, Angleterre et France sont décidés. L'objectif est de signer un traité de paix. Mais les cartes sont truquées, comme pour le scandale du cercle de jeu de la rue Royale. Le Maréchal de Caulaincourt représente la France, il a carte blanche pour négocier, mais l'Empereur lui a bien précisé qu'il est hors de question de céder sur les frontières actuelles de la France, pourtant il sait que c'est inacceptable pour les autres pays. Ceux-ci proposent à la France de revenir aux frontières de 1791, ils savent que c'est inacceptable pour Napoléon. Il s'agit donc d'une comédie pour l'opinion publique, les alliés pour dire qu'ils offrent la paix, et l'Empereur pour montrer qu'il veut la paix. Le combat à mort entre les deux parties est en train de se dérouler, mais à cet instant, la balance penche en faveur de l'Empereur.

Pourtant ces négociations ont été sur le point d'aboutir début février, les troupes ennemies avancent rapidement sur la capitale, et Caulaincourt a accepté de discuter sur les bases des frontières de 1789. Tous les représentants des pays sont prêts alors à avancer dans les pourparlers, y compris l'Angleterre, mais l'Empereur russe refuse. Il s'est mis en tête de défiler sur les champs Élysées, à Paris, le vengeant ainsi de la prise de Moscou par Napoléon. Pour cela, il a décidé de retarder les négociations, de peur qu'un accord ne soit trouvé avant son entrée triomphale dans notre capitale. Il menace donc les autres pays de quitter la table des négociations, et pire de retirer toutes ses troupes de la campagne. Les autres cèdent et tout est bloqué…Jusqu'aux victoires françaises du mois de février. Les alliés veulent reprendre les pourparlers, mais à ce moment-là, Caulaincourt averti du succès de la campagne, ne propose plus les mêmes bases.

Alors le 28 février, les négociations sont interrompues. Aucun élément ne permet de penser qu'elles pourront reprendre. Les coalisés ont peur que l'Autriche ne fasse défection, et sous la pression anglaise et russe, proposent un traité entre eux prévoyant que durant vingt ans, aucune puissance ne pourra traiter séparément avec la France.

Le 1 mars, la « Sainte-Alliance » est signée.

C'est alors qu'un évènement va changer le cours des choses, il se produit le 3 mars, et cela va décider du désastre

futur. Mais je te laisse le soin de le découvrir, ton nouveau
« métier » d'historien te le dicte.

Mon ami, indique-moi dans ta prochaine lettre, la date de
ton arrivé que je puisse organiser ton séjour.

Adieu mon ami, mon affectation à tes proches.

Le 10 mars 1884, Quimper.

Lettre à Henry Houssaye.

Ami, que ne m'as-tu fait souffrir avec ta dernière correspondance !

Je t'ai maudit mille fois, mais tu avais raison, il fallait que je trouve, et je pense avoir trouvé la cause que tu évoques. Mais, pour ta peine, j'ai dû retarder mon voyage, mes recherches m'ont pris trop de temps pour que je puisse m'occuper de mon billet de chemin de fer !

Je pense être présent à tes côtés pour fin mars.

En plus, et pour être honnête, je m'intéresse à la nouvelle loi sur la vie municipale, votée par le sénat et qui permettra l'élection au suffrage universel pour une durée de quatre ans. Je me pose la question de savoir si je ne me présenterai pas sur une liste pour les prochaines élections de mai. On me l'a proposé, je réfléchis.

Donc, j'ai un nom Moreau, une ville Soissons, une date, le 2 mars. En février, en pleine débâcle des armées ennemies, il reçoit l'ordre de prendre le commandement de Soissons et de résister. C'est la clé de voûte de l'édifice de Napoléon.

Lui, il est dans la ville de Troyes, avec maintenant 74 000 hommes et 300 canons, il contient les deux armées des coalisés dont les forces disponibles sont réduites à 130 000 hommes, car certains corps ont dû faire retraite sur la Suisse, et d'autres ont été anéantis. Les armées de Silésie de Blûcher et de Bohème de Swarzenberg sont disjointes, la jonction ne s'est pas faite. Les lignes de communication et de ravitaillement sont coupées. Sur son flanc gauche, l'Empereur peut détruire l'armée de Blücher, qui est en très mauvaise position. De Paris et de la Province non occupée, des renforts, les fameux « Marie-Louise » continuent d'arriver, ils se battent avec énergie.

Il veut prendre les Prussiens par surprise, mais pour cela, il ne faut pas qu'ils repassent la rivière de l'Aisne sur le pont principal près de Soissons. La ville est attaquée par les troupes ennemies qui veulent faire sauter le verrou qui les empêche de repasser sur l'autre rive. Le 2 mars, le général Moreau veut préserver ses troupes et la ville, il capitule, laissant ainsi l'armée prussienne se réfugier sur l'autre berge. Il se retire avec armes et bagages sur Villers-Cotterêts. Le dispositif de Napoléon s'écroule. S'il avait détruit les régiments de Silésie de Blûcher, il pouvait ensuite battre les troupes russes et Autrichiennes de

Schwarzenberg qui reculaient et l'armée de Bernadotte, encore en dehors des frontières. Mais le passage sur l'autre rive permet aux deux armées de faire leur jonction. C'en est fini de la stratégie du général Bonaparte !

Averti de cette nouvelle, l'Empereur décide de faire arrêter Moreau et de le traduire devant le conseil de guerre, il ne devra son salut qu'à l'abdication qui intervient en avril. Toute l'armée le déconsidère, sachant que sans sa reddition, c'en était fait de l'armée de Silésie, dont la perte aurait entraîné la fuite de la coalition qui aurait repassé le Rhin.

Ce n'est pas pour rien que Louis XVIII le fera ensuite chevalier de l'ordre de Saint-Louis et lui donnera un commandement plus important.

Voilà, cher ami, le grain de sable qui détruisit tout l'édifice. Crois à ma vive amitié.

Ton dévoué ami !

Le 14 mars 1884, Paris.

Lettre d'Henry Houssaye.

Bravo mon ami !

Ta recherche fut fructueuse, et tu as raison de parler d'édifice, sachant que la reddition de Moreau fut la pierre qui manqua. Pour les grains de sable, ils furent nombreux à accélérer l'écroulement du mois de mars.

Le premier grain, c'est l'Empereur russe et le Roi de Prusse qui, après avoir pensé à la retraite, le 24 février, demandent à Blücher de reprendre l'offensive et de poursuivre sa route en direction de Paris. Le second, c'est la retraite d'Oudinot le 27 février qui, devant les Autrichiens, prend les plus mauvaises décisions durant les combats, à tel point que les paysans de l'Aube et les soldats crient à la trahison. Le troisième, ce sont les renforts russes et autrichiens d'un total de 40 000 qui vont rejoindre l'armée de Blücher.

Il est cependant exact que son offensive qui veut passer le petit cours d'eau de l'Ourcq, pour attaquer Paris, se trouve contrariée de par la résistance des maréchaux Marmont et Mortier. Leurs soldats repoussent toutes les attaques, et l'approche des troupes de l'Empereur sur ses arrières le met dans une situation difficile. Il est alors obligé de battre en retraite. Il repasse la Marne, fait détruire le pont de la Ferté, empêchant les Français de l'encercler. L'armée de Silésie est perdue, sauf si elle repasse l'Aisne par Soissons, en moins de 24 heures, sinon, c'est la débâcle. Alors et c'est le quatrième grain de sable, Blûcher reçoit des nouvelles de la colonne de renfort du général prussien Von Bülow et lui demande d'attaquer Soissons par la rive gauche, lui l'attaquera par la rive droite. Mais en fait il n'y a pas de bataille importante engagée. Moreau se rend en contrepartie, comme tu l'as écrit, de pouvoir partir avec armes et bagages. Il n'a pas compris, ou ne veut pas comprendre que Soissons commande la route de Paris. Il ne sait pas ou ne veut pas savoir, que l'armée de Blücher est perdue s'il résiste un ou deux jours de plus.

Cet homme est un inconséquent, il n'envoie pas d'éclaireurs pour savoir où se trouvent les troupes ennemies et se fait surprendre le 2 mars par les Prussiens. La garnison se bat avec énergie la première journée. Les ennemis pensent qu'ils ne pourront prendre la place en une journée, ils ont alors l'idée d'envoyer un parlementaire. Moreau l'écoute, et cède aux propositions faites, alors que la ville tient, et que le canon se fait entendre au loin, lui indiquant qu'il ne sera plus seul longtemps contre les Prussiens. Les troupes françaises ne sont pas loin.

Son état-major, dans son ensemble, veut résister. Cet homme est un irrésolu, devant la position ferme de ses officiers, il décide de défendre la ville. Mais il est prêt, quelques instants après, à signer quand se présente un autre parlementaire qui lui donne deux heures pour décider de son retrait avec les honneurs afin de rejoindre les troupes françaises et éviter le pillage de la ville. Moreau pose de nouvelles conditions, elles sont toutes acceptées, l'ennemi ne veut qu'une chose, l'évacuation de la ville pour que le plus grand pont sur la rivière puisse sauver leur armée. Cet homme est un lâche, il accepte de signer la capitulation sans en référer aux officiers, qui constitue le conseil de défense de la ville[11].

Le 3 mars, et non le 2, mon ami, l'acte est signé. Les soldats de la garnison, en apprenant la nouvelle, traitent Moreau de lâche et de traître. Deux heures après la signature, les troupes ennemies sont entrées et tiennent le pont. Moreau s'apprête à quitter la ville, une canonnade se

---

[11] Un conseil de défense est un comité restreint présidé par un officier supérieur et chargé de coordonner la défense et la sécurité d'une ville ou d'une nation. Le général de Gaulle organisera un conseil de défense en juin 1940.

fait de nouveau entendre non loin. Alors, il se tourne vers le parlementaire et lui dit « *qu'il est perdu, qu'il a été trompé, que le son des canons français se rapproche, que l'armée ennemie est en retraite, qu'il sera fusillé par Napoléon, et qu'il est un homme perdu* ».

Toutes les troupes prussiennes passent sur l'autre rive durant la nuit et le jour suivant, l'armée de Silésie est sauvée. C'est dans la nuit du 4 au 5 mars, que Napoléon arrive et apprend la nouvelle.

Pour décrire la réaction de l'Empereur sur ce désastre, voici ce qu'il dit à son ministre de la guerre, le général Clarke : « *La trahison ou la bêtise du commandant de Soissons a livré cette place. Faites arrêter ce misérable, ainsi que son état-major, faites-les traduire en un conseil composé de généraux. Et faites en sorte qu'ils soient fusillés dans les 24 heures sur la place de Grève. Il est temps de faire des exemples. Que la sentence soit motivée, imprimée, affichée et envoyée partout* ».

Vingt-quatre heures, c'est le temps qu'il aurait fallu pour changer le cours du destin de la France.

Pour terminer cette lettre, je voulais t'informer qu'un scandale serait sur le point d'éclater dans la capitale. Les royalistes, ou plus exactement les orléanistes, avec à leur tête le Comte de Paris, auraient acheté des parlementaires du sénat et de la chambre afin de renverser la République et de proclamer le retour de la monarchie. Il est temps de mettre fin à ces intrigues et de débarrasser notre République de ces fâcheux !

Bien à toi, mon ami. Mes amitiés à tes proches.

Le 22 mars 1884, Quimper.

Lettre à Henry Houssaye.

Cher ami, la fin de ta lettre m'a inquiété et chagriné, je l'avoue.

Il me semblait que les mouvements royalistes étaient bien disparus avec les élections de 1881, où le camp républicain a été fortement renforcé. L'on m'a pourtant rapporté qu'il existe encore dans le sud de la France, un mouvement des jeunesses royalistes qui se forme et se renforce. S'agit-il d'un folklore local ou d'un mouvement réel[12] ?

J'ai lu avec intérêt tes compléments de faits historiques sur la campagne de 1814, et sur la reddition de ce général félon.

Cependant, on dit que l'Empereur était habitué depuis la campagne de Russie à des revers de fortune. Pour preuve, il ne continue pas moins à pourchasser les Prussiens et à Craonne, le 7 mars à accrocher les troupes de Blücher, et cela avec des effectifs moindres, 37 000 hommes contre

---

[12] Le mouvement politique voit le jour en 1888. L'expansion est rapide, surtout dans le sud. L'association est dissoute en 1901, et la plupart de ses membres rejoignent l'Action française, fondée en 1898.

plus de 80 000, dit-on ! J'ai lu que cette bataille voit la réussite d'un nouveau corps créer, les éclaireurs. Mais qui sont-ils et pourquoi nouveau ? Je n'ai pas réussi à me documenter !

L'Empereur, disais-je, n'est nullement découragé, et pense écraser l'armée de Blocher sur l'autre rive, il passe l'Aisne sur le pont de Berry-au-Bac, après que les 600 lanciers polonais de la Garde impériale mettent en déroute les 2 000 cosaques qui le gardent. Apprenant la nouvelle, Blücher décide d'attaquer et le 6 mars, il prend la route de Craonne.

Le 7 mars, la bataille s'engage. Pour préparer son plan, on écrit que l'Empereur s'est adjoint la compagnie du maire de Beaurieux, Monsieur Bussy. Or, il s'agit d'un ancien camarade, qui avait servi comme officier au régiment de la Fère[13]. Il va le chercher, lui pose des questions, et l'engage sur le champ comme colonel d'artillerie. Il est chargé de guider les attaques de la cavalerie, puisqu'il connaît parfaitement la topographie de la région. La position est mauvaise pour les Français, l'ennemi a pris place sur un plateau, pour les déloger, il faut gravir la colline. Les tirs d'artillerie ayant commencé, le maréchal Ney, comme à son

[13] Il y est affecté comme sous-officier de 1785 à 1791.

habitude, n'attend pas l'ordre et se précipite sur les bataillons russes et prussiens avec ses troupes, c'est un massacre. Pour comble de malheur, les canonniers français sont des novices. Ils tirent tellement mal, qu'ils font peu de dégâts.

Malgré cela, Ney lance charge sur charge et arrive à bousculer les lignes adverses. Des positions sont prises, abandonnées, puis reprises plusieurs fois. La précipitation de Ney n'a pas permis à nos bataillons de se positionner correctement et aux renforts d'arriver. Lorsqu'ils sont correctement placés, on jette toutes les forces dans la bataille. Les ennemis sont menacés. Leurs renforts de cavalerie n'arrivent pas, embourber sur les petits chemins de la région de l'Aube. Blücher ordonne la retraite, elle est faite avec ordre et méthode.

Nos soldats ont conquis le terrain. Les troupes adverses se sont repliées, Craonne est une victoire, mais à quel prix ? Les pertes de part et d'autre sont importantes, et les renforts des coalisés sont immenses, ceux de Napoléon sont limités.

Je prends la route dans trois jours, et je serai chez toi le 30 mars, j'arriverai peut-être avant cette lettre que je vais porter au facteur boitier[14] de suite.

---

[14] Expression désignant le facteur chargé de prendre le courrier dans des boîtes, un service créé en 1848.

À bientôt, cher ami, pour te serrer dans mes bras.

39

Le 6 avril 1884, brasserie Bofinger, rue de la Bastille, Paris.

– Pourquoi ici, Henri ?

– Pour la bière à la pompe. C'est ici que l'on a installé les premières il y a vingt ans, une curiosité ! J'ai découvert ce restaurant, depuis peu. C'est un Alsacien qui en est le propriétaire. En dehors des différentes choucroutes succulentes, tu vas pouvoir goûter à leurs bières mousseuses. On dit qu'Aristide Bruant[15] vient souvent y déjeuner. Il rapporte ses œufs et leur demande de préparer une omelette.

– Tu parlais de bière à la pompe ?

[15] Il commence à partir de 1881 à connaître le succès au cabaret « Le chat noir ».

– Une tireuse de bière ! Leur système permet d'actionner une pompe et grâce à la dépression occasionnée, de faire monter le liquide du fût, situé au sous-sol. C'est le premier restaurant de Paris, qui a installé les becs de tirage au bar.

– As-tu lu ma dernière lettre, cher ami !

– Oui et je ne suis pas tout à fait d'accord avec toi. Il est vrai que Craonne fut considéré comme une victoire française, puisque l'ennemi a reculé. En lisant les livres des historiens de notre pays, ceux-ci indiquent que Napoléon enleva la position occupée par les 50 000 soldats du général russe Worronzoff avec ses 30 000 hommes. On parle de victoire importante, avec des pertes énormes pour les coalisés. En lisant les historiens russes ou allemands, les faits changent. Nos ennemis ont lutté à 15 000 contre les 30 000 de l'Empereur. C'est en abandonnant sa position sur l'ordre de Blücher que Worronzoff laisse les Français maîtres du plateau.

– Où est la vérité ?

– Entre les deux ! Les forces sont équilibrées. Les Russes au moment de l'ordre de la retraite, commencent à reculer. De nouvelles troupes d'artillerie française plus aguerrie pilonnent les forces adverses. Et c'est là que les éclaireurs de la Garde impériale se couvrent de gloire.

– Ah, mes fameux éclaireurs !

– Napoléon avait été fortement impressionné par les cosaques et les dégâts que cette cavalerie légère avait occasionnés lors de la retraite de Russie. Le principe est simple. Les cavaliers français plus lourds, dragons et cuirassiers, ne parviennent jamais à les rejoindre. Dès le coup de main effectué, ils s'enfuient devant des forces plus nombreuses. Leur équipement très léger leur permet de ne pas être rattrapés. En 1813, il décide alors la création des éclaireurs, des cavaliers équipés légèrement. Ce sont trois régiments destinés à s'opposer aux cosaques. Ils servent à la reconnaissance, établissent des avant-postes, mais pratiquent aussi des charges, et ce fut le cas à Craonne.

Le colonel qui commandait le premier régiment part à l'assaut des Russes, sabre les artilleurs et enlève la position qui domine le champ de bataille. L'Empereur le décore le jour même et le fait baron d'Empire.

– Testot-Ferry, j'ai lu son nom dans plusieurs livres. C'est lui qui avait comme devise, il vaut mieux mériter sans obtenir, qu'obtenir sans mériter.

– Certains des politiques de cette Troisième République devraient y songer !

– Tu as raison, mais il faut cependant reconnaître que notre constitution actuelle va dans le sens du mérite, on parle de faire disparaître cette absurdité des sénateurs inamovibles[16] et de les faire tous élire par les départements.

– C'est vrai !

– Pour en terminer sur cette bataille, Craonne n'est donc pas, cher ami, une victoire totale !

– Je dirai une demi-victoire. Mais cela a fait prendre conscience à Napoléon que cette défense de Craonne, par Blücher, devait cacher une avancée vers Paris. Sur la route de la capitale, il y a la ville de Laon. Il faut donc s'y rendre, car il ne doute pas que le maréchal prussien va s'y retrancher. C'est une belle position défensive pour une bataille. Des pentes abruptes et des bois compliquent l'accès. Seule la partie nord est plate. Les Français s'engagent en deux colonnes, l'une d'entre elle est commandée par Marmont, 10 000 hommes, l'autre par Napoléon 27 000.

– Cela va-t-il changer le cours des évènements.

– Oui, cela l'a modifié, mais pas de façon importante ! L'arrière-garde ennemie est pourchassée jusqu'à cette ville, où le Maréchal prussien s'est posté avec son armée de plus

[16] Il existe alors 75 membres sur 225 de la chambre haute, qui sont élus à vie. La loi organique de décembre 1884 supprime ce dispositif.

de 80 000 hommes. Les combats s'engagent. Tout est possible, sauf que la colonne de Marmont prend six heures de retard pour arriver sur les lieux, malgré l'ordre deux fois donné, de se transporter le plus vite possible sur la ville. Ce général n'a plus aucun espoir sur cette campagne, il obéit à peine. Ses mémoires démontrent le peu d'empressement qu'il met à combattre. À le lire, il prend les bonnes décisions, et c'est Napoléon qui prend les mauvaises. Toujours est-il qu'il n'envoie aucun courrier de ce qu'il fait. L'Empereur est dans l'ignorance totale et tous les éclaireurs qu'il envoie se font capturer par les cosaques.

Marmont, la nuit venue sur une bataille indécise, ne prend aucune précaution pour mettre à l'abri son armée dans un endroit plus calme. Il bivouaque sur place, face à des forces quatre fois supérieures. Pour de bonnes décisions, il y a mieux !

— Ah, voici les huîtres ! Bon appétit mon ami ! Commandons de nouveau une bière !

Le 15 avril 1884, Quimper.

Lettre à Henry Houssaye.

Cher ami, merci encore pour ce séjour dans la capitale bien agréable !

Tu m'as promis de faire le déplacement cet été dans ma bonne ville de Quimper, j'en ai pris bonne note, et je te préparerai un séjour qui te dépaysera.

Comme tu le sais maintenant, je vais me présenter sur une liste pour la municipalité de Quimper,

Je viens d'apprendre que c'est dans notre département qu'il existe le plus de débit de boissons, et notamment dans ma ville. Et comme tu le devines, cela entraîne toutes sortes de problèmes tant pour l'hygiène que pour le maintien de l'ordre public.

Il y a plus de vingt ans, Edouard Porquier, le maire avait pris un arrêté sur la police des cabarets répondant ainsi à la sollicitude du préfet.

Ce règlement est désormais affiché dans tous les débits de la ville. Les agents sont chargés de son application. Chaque débit doit être signalé par une enseigne. Ils doivent fermer à 21 heures en été et 19 heures en hiver, tous les jeux de hasard sont interdits. Il est évidemment condamnable de recevoir et de servir des hommes condamnés ou recherchés, ainsi que les femmes qui se livrent à la prostitution. Mais tout cela n'est pas toujours respecté. Toutes les occasions sont bonnes pour des dérogations aux règlements, les fêtes, les processions, les départs des bateaux, les mariages, les baptêmes, etc.

Les cabaretiers louent souvent les services des sonneurs pour attirer les clients, ou installent des jeux de billard pour les militaires de la garnison. En 1873, on a dénombré 183 cabarets, soit un débit pour 72 habitants. Si dans son ensemble la majorité des débitants est soucieuse du respect de la loi, une minorité jette le discrédit sur cette profession généralement jugée peu honorable par notre bourgeoisie.

Les veuves, qui en sont propriétaires, sont particulièrement surveillées, car il semble que leur moralité est sujette à caution. On m'a cité la veuve Kerroué, tenancière, qui se livre dans son établissement à la prostitution d'une manière notoire. La veuve Kerouédan est signalée au commissaire de police comme favorisant la débauche des jeunes filles. Une autre patronne de café, la femme Le Floch, après avoir connu deux fermetures administratives a été condamnée à six mois de prison pour de nombreux vols commis au préjudice des personnes qu'elle attirait dans son établissement et qu'elle dévalisait après les avoir enivrés. Un autre, dirigé par la femme Meudec, a été lui aussi fermé. La tenancière ayant donné à boire, avec un tel excès, à un individu déjà en état d'ivresse, que le client en est mort.

Mais les tenanciers ne sont pas en reste. Le cas de Joseph Herviou mérite, lui aussi, de figurer en bonne position. L'homme appartient pourtant à la compagnie des sapeurs-pompiers de Quimper, fonction qui lui confère, normalement une caution d'honorabilité. En 1874, il a subi pas moins de quatre condamnations devant le tribunal de simple police pour avoir à plusieurs reprises donné à boire à des militaires en dehors des heures d'ouverture légale, pour violence sur les époux Le Goff devant huit témoins, pour défaut de registre de police et pour diffamation. Autre exemple, le débit du sieur Le Gall. L'homme est décrit comme un ivrogne invétéré, d'un caractère très violent, maltraitant constamment sa femme et ses enfants, les menaçant même régulièrement de son couteau.

Des dizaines de cabarets et de cafés sont donc fermées chaque année soit temporairement soit définitivement pour des infractions à la police des cafés et des faits contraires à la morale publique. Il faut aussi avouer que Quimper est le siège d'une nombreuse garnison, et le 118ème régiment de ligne avec ses 850 conscrits est, à l'occasion des permissions de minuit, la cause de nombreux tapages nocturnes et troubles à l'ordre public.

Sans parler de la prostitution qui se développe également de façon importante avec la garnison. De nouvelles maisons closes se sont ouvertes et ne sont pas contrôlées sur le plan sanitaire.

Bref, comme tu le constates, cela sera l'un des axes de notre action de diminuer ces désordres dans notre ville qui compte maintenant, m'a-t-on dit, 17 000 habitants.

Mais je risque de t'ennuyer avec ces faits de la vie municipale[17].

Écris-moi cher ami, et n'oublie pas de me décrire le reste de la campagne de 1814. On parle beaucoup à l'époque chez les historiens de « hurrah », notamment lors de la bataille de Laon. Quelle est la signification de ce terme ?

Ton dévoué ami de Quimper. Crois en mon amitié !

---

[17] Faits et anecdotes tirés de la vie municipale de Quimper.

Le 24 avril 1884, Paris.

Lettre d'Henry Houssaye.

Bien mon ami !

Je suis heureux que tu puisses te consacrer à cette activité aux services de tes concitoyens !

Je suis persuadé que ta liste l'emportera de haute main, décris-moi la prochaine fois qu'elles sont les partis en présence.

Pour répondre à ta question, le terme « hurrah » est d'origine militaire allemande et signifie combat corps à corps dans le désordre. Cela convient parfaitement à ce qui arrive à notre Marmont[18], dans la nuit du 9 au 10 mars.

Souviens-toi ! Il fait bivouaquer ses troupes sur le lieu de bataille, sans prendre de précaution, dans le village d'Athies-sous-Laon à 10 kilomètres de la ville de Laon. Ses hommes manquent d'expérience. Il est attaqué durant la nuit, bat en retraite, ne sait plus ce qu'il doit faire. Il ne devra son salut qu'à 125 chasseurs à pied de la vieille garde

---

[18] « Marmont sera un objet d'horreur pour la postérité. Tant que la France existera, on ne pourra entendre le nom de Marmont sans frissonner d'horreur. Il le sait, et c'est sans doute l'homme le plus malheureux du monde. Il ne saurait se pardonner à lui-même et terminera sa vie comme Judas » Napoléon, mémoires et écrits de Sainte-Hélène.

qui, de par leur présence d'esprit, empêchent la retraite de tourner à la déroute. En voici les évènements.

Voyant la désorganisation des troupes françaises, les Prussiens attendent la nuit pour attaquer. La plupart des soldats dorment, épuisés par les combats. Les plus aguerris cherchent des vivres dans les fermes avoisinantes. Aucun corps de régiment ne positionne de gardes, et notre Marmont ne s'en préoccupe pas. Une division ennemie pénètre dans Athies, et massacre les Français. D'autres colonnes attaquent de tous les côtés. Certains soldats réussissent à se frayer un chemin pour rejoindre des troupes cantonnées près du parc d'artillerie. Celui-ci est pris, les artilleurs éventrés, les canons emportés. Leur cavalerie, plus de 7 000 hommes se ruent sur nos positions aux cris de « Hurrah ! Hurrah ! ». C'est le cri de ralliement. Notre duc de Raguse[19], est incapable de reformer ses troupes et de donner la moindre consigne. Heureusement, un colonel non loin de là, avec 2 000 hommes entend les Hurrah, et se porte au secours de la colonne de Marmont. Il prend position sur une route et s'y maintient. Cela permet à certaines troupes de s'enfuir sur le village de Festieux, au sud d'Athies. Une colonne ennemie est cependant détachée pour s'y rendre et

[19] Autre titre du maréchal Marmont.

leur couper la route. Si la manœuvre réussit, tous les soldats de Marmont seront anéantis. Mais un détachement de 125 grognards de la vieille Garde cantonne à Festieux. Ils entendent les bruits de la charge prussienne. Ils prennent les armes, s'embusquent à l'entrée du village et le défendent contre les escadrons ennemis qui arrivent. Cela permet aux soldats français de passer et de se réfugier dans le village, la déroute s'est transformée en retraite. Les chasseurs de la Vieille Garde ont vu passer le duc de Raguse comme un simple brigadier au milieu de ses troupes. Le lendemain, 3 000 hommes sur les 9 000 manquent à l'appel.

Comme les critiques l'ont précisé lors de la parution de ses mémoires post mortem, avec toutes les calomnies qu'il a publiées : « *on peut dire qu'il s'est embusqué derrière sa tombe pour tirer sur des gens qui ne pouvaient riposter[20] »*.

Moi, je dis : « *Raguser, du verbe trahir, infinitif du premier groupe, venant d'Auguste de Marmont, Duc de Raguse, maréchal d'Empire qui a trahi Napoléon »*.

Comme tu peux le penser, ces évènements vont complètement perturber le plan de l'Empereur. Il ne peut plus compter sur Marmont, son cantonnement est maintenant à 15 kilomètres de Laon. Il se décide à rester

---

[20] Elles parurent à sa demande après sa mort, en 1857.

sous les murs de la ville, attendant une occasion pour se laisser guider par son instinct de la guerre. Il espère toujours l'évacuation de Laon.

L'on sait maintenant de par les écrits de Blücher qu'il pensait avoir affaire à 90 000 hommes sous les ordres de Napoléon. S'il avait su que seul, le tiers était présent devant lui, il aurait lancé une attaque massive.

Ce fait explique son hésitation, il ne se replie pas, mais n'attaque pas non plus. Toute la journée est marquée par des offensives, des replis, des contre-attaques et des mouvements, mais aucun signe évident de victoire ou de défaite pour l'un ou l'autre camp.

Mais les pertes sont importantes. Napoléon le constate, il dira même que sa jeune garde fond comme neige au soleil. Il se décide alors à faire retraite dans la nuit et se replier sur Soissons, donnant le change aux coalisés. Le 11 mars, ses troupes sont concentrées sur cette ville.

Je pense qu'il a quitté la plaine de Laon à regret. Il sait qu'il n'y aura plus d'autres occasions pour détruire cette armée.

Je te quitte, mon ami, chagriner d'avoir parlé de ce faquin de Marmont !

Bien à toi. Mes amitiés !

Le 3 mai 1884, Quimper.

Lettre à Henry Houssaye.

Cher ami, je prends un peu de temps pour t'écrire ces quelques lignes.

Demain est jour d'élection municipale, comme tu le sais, et j'avoue attendre avec impatience les résultats, et savoir si notre liste sera élue.

Il n'existe dans notre bonne ville, comme d'ailleurs presque partout dans le Finistère, que deux listes, l'une conservatrice et royaliste, et l'autre républicaine, celle de Monsieur Joseph Astor, maire depuis 1870, et qui a bien voulu me faire l'honneur de me demander d'en faire partie. C'est un farouche républicain, qui ne s'occupe que des affaires de la ville et du département dont il est également conseiller général. Les potins de la capitale ne l'occupent guère. Il s'en tient éloigné. C'est un passionné d'art en général et de peinture en particulier. Inutile de te préciser qu'il s'agit de peintres bretons ou d'artiste ayant séjourné en Bretagne et dont certains deviendront célèbres[21], n'en doutons pas.

---

[21] Parmi celles-ci, des peintures du groupe « Les nabis », une école de peinture créée et théorisée par Paul Sérusier, et qui s'inspire en grande partie de l'école de Pont-Aven, de Gauguin et Bernard. Le principe est le

Voilà, cher ami, je ne manquerai pas de te commenter les résultats, sachant que tu découvriras dans la presse ceux-ci de toute façon.

Tu parles abondamment du maréchal Marmont, dans ta dernière lettre. Il est vrai que de nombreux bonapartistes ayant écrit leurs mémoires, le qualifient de traître pour son attitude en 1814, et mettent en doute, comme tu le fais, ses capacités de commandement. Il a rédigé ses mémoires comme un plaidoyer, une réponse, un réquisitoire à toutes ses attaques. On ressent l'amertume d'un homme qui sur un acte, une attitude lors d'une campagne fut jugée pour l'ensemble de sa vie. N'oublions pas non plus qu'il a écrit ses mémoires, juste après son exil, lors de la révolution de juillet de 1830. Il est pris à partie de tous côtés, de par ses ordres de tirer sur la foule le 28, puis d'avoir ordonné l'abandon de Paris le 29.

Les critiques de Marmont sur Napoléon ont obscurci le reste de ses descriptions pour la plupart des lecteurs. La seule chose que l'on peut lui reprocher, comme l'a écrit l'historien Horace de Viel-Castel, c'est de dénigrer l'ensemble des personnes qu'il a connu, de minimiser leurs

---

suivant : « se rappeler qu'un tableau est une surface plane recouverte de couleurs, en un certain ordre, et assemblées », Maurice Denis.

actions, de critiquer leurs attitudes, et à l'inverse de glorifier et de magnifier ses actions et ses décisions.

À le lire, il fut le seul militaire de haut rang de l'Empire à posséder les qualités indispensables à sa fonction. Même l'Empereur ne trouve pas grâce à ses yeux. Quant à sa distinction, pour justifier sa défection en 1814, entre les honnêtes gens et les gens d'honneur, j'avoue que je ne comprends ce qui les différencie.

Je ne voulais pas justifier à tes yeux ce « faquin », cher ami, simplement essayer de comprendre ce qu'il l'a poussé à cela. Mais je pense que le fait de faire publier ses mémoires après sa mort ne dénote pas un grand courage.

Ton dévoué ami de toujours.

Ta lettre est bien courte, mon ami, et je comprends qu'elle puisse l'être, avec le travail que tu as dû fournir dans les réunions électorales et les écrits pour préparer ces élections.

Mais enfin, quelle récompense ! Ta liste républicaine a emporté haut la main, cette élection, face aux conservateurs de tous bords ! Bravo !

Pour te répondre un tant soit peu, sur tes interrogations du duc de Raguse, sache, et c'est peu connu, que l'Empereur à Sainte-Hélène se fit lire une lettre en provenance de Verdun de la mère d'un grenadier de la garde, qui l'avait accompagné sur son île de réclusion.

Je te la livre in extenso :

« Je t'aimons ben plus depuis que je te savons auprès de not fidèle empereur. C'est comme ça que les honnêtes gens font. Je te croyons bien qu'on vient des quatre coins du monde pour le voir. Car ici l'on est venu des quatre coins de la ville pour lite ta lettre, et qu'un chacun disiont que t'es un homme d'honneur. Les Bourbons ne sont pas au

bout et nous n'aimons pas ces messieurs. Le Marmont a été tué en duel par un des nôtres, et la France l'a divorcé. Je n'avons rien à t'apprendre, sinon que je prions Dieu et que je faisons prier ta sœur pour l'Empereur ».

Cette lettre avait eu beaucoup de succès dans la garde. Lors de la lecture à l'Empereur, les personnes qui l'entouraient riaient, sauf lui. À la fin, il leur précisa que cette lettre n'était pas risible, et bien qu'elle ne soit pas écrite en style académique, elle lui en apprenait bien plus que tous les journaux sur l'état de la France.

Voilà pourquoi Marmont a mis des paroles inventées dans la bouche de Napoléon et s'en est servi pour défendre une fumeuse théorie sur son attitude.

Pour en revenir à cette campagne, j'espère que je ne t'ennuie pas avec mon récit sur la campagne de France. Depuis la fin février, les revers de fortune s'enchaînent pour nos troupes. Les maréchaux Oudinot et Macdonald sont battus et battent en retraite. On cède du terrain sur tous les fronts. Le maréchal Augereau fait défection sur les frontières suisses. Il ne s'est pas battu, mais bat en retraite[22]. Il se replie sur Lyon, puis se replie sur Valence. Quelques

---

[22] Lors des cent jours, il fut retiré de la liste des maréchaux par Napoléon et qualifié de « traître à la France »

semaines de plus, il se serait replié au milieu de la Méditerranée. Pourtant ses ordres sont formels, avec ses hommes prendre Genève, y laisser une légère garnison, se porter sur Vesoul et couper les lignes de communication des ennemis. Il argumente de son âge, de ses problèmes de santé pour ne plus obéir. Puis devant l'insistance de Napoléon, il se met en route, trop tard. Les quelques milliers d'hommes qu'il aurait trouvés deux semaines plus tôt, ont été renforcés par une nouvelle armée de la coalition.

Troyes et Nogent sont occupés. Sur la frontière nord, on se replie devant le nombre, de Tournai à Courtrai, puis de Courtrai à Lille. Le maréchal Soult au sud tient une ligne de défense face à Wellington devant Toulouse et Tarbes. Il laisse la ville de Bordeaux sans défense, mais il pense que le duc anglais n'osera pas s'avancer dans les Landes, de peur de voir ses lignes arrières attaqués par ses troupes.

Mais il n'a pas compté sur le maire de cette ville, un dénommé Jean-Baptiste Lynch[23]. Fervent bonapartiste jusqu'en 1813, mais voyant le vent tourné, il se rallie aux Bourbons et livre la ville aux Anglais, qui sont accompagnés par le duc d'Angoulême, Louis de France, fils du futur roi Charles X. Cette trahison devient possible, car

---

[23] Durant les cent jours, il s'enfuit en Angleterre.

tous les partisans de l'Empire sont bernés ou mystifiés par ses soins. Cependant, le lendemain même de l'invasion anglaise dans la ville, tous les fonctionnaires quittent leur poste, et ce Lynch se retrouve seul avec les compagnies britanniques.

Cette défection fait grand bruit dans la capitale et accompagne un mouvement d'inquiétude, les mauvaises nouvelles de la campagne sont parvenues aux membres du gouvernement et au Parlement. Les royalistes et les partisans d'une paix, quel qu'en soit le prix, reprennent leurs conciliabules, leurs débats, leurs échanges de vues, et préparent leurs complots.

Mais je dois t'ennuyer avec tout cela, mon ami. Je termine cette lettre en te souhaitant tout le courage possible pour tes nouvelles et belles fonctions.

Ton dévoué ami, de tout cœur !

Le 5 juin 1884, Quimper.

Lettre à Henry Houssaye.

Cher ami, mille excuses de ce retard dans notre correspondance.

Comme tu le sais, les occupations municipales me prennent beaucoup de temps et d'énergie. À me demander si j'ai bien fait d'accepter cette fonction !

D'autant plus que je suis le second adjoint au maire, et de fait je dois me préoccuper de nombreux domaines. Car en dehors des séances du conseil qui sont publiques et donnent lieu parfois à des foires d'empoigne, toutes les affaires de la commune sont de notre ressort, du changement de nom d'une rue au budget alloué à l'hospice de la ville, sans compter les devoirs de police.

Pour ne te citer qu'une seule affaire, sache que j'ai dû intervenir pour les bonnes mœurs de notre ville, pas plus tard que la semaine dernière. Les maisons closes de Quimper sont presque toutes situées dans le chemin entre la rivière de l'Odet et la gare, la rue Neuve. Faisant suite à de nombreuses plaintes, le préfet a demandé au maire d'intervenir et de régler le problème qui m'a été confié. Mais que faire ?

Les filles se montrent en plein jour à tous, y compris aux nonnes, curés et enfants. Et de plus, et pour accroître le bruit qu'elles font en racolant les clients, les mendiants situés devant ces maisons, applaudissent dans la rue à l'entrée des hommes dans les établissements de ces filles de joie. On ne peut placer des officiers de paix en permanence !

Allons, je te réponds avec plaisir sur tes précisions de l'année 1814, et sache que tu ne m'ennuies en aucune façon, bien au contraire.

Je ne connaissais pas l'attitude du maire de Bordeaux face aux Anglais, cela me rappelle une phrase de l'Empereur qui à son retour de Sainte Hélène avait dit qu'il pardonnait à tous sauf à Lynch et Lainé, je ne savais pas qu'il s'agissait du maire de cette ville et du préfet de Gironde. Tristes sires !

Tu parles dans ta lettre de ceux qui à partir de mars 1814 complotent contre Napoléon. On peut cependant comprendre tous les royalistes, républicains, opposants, déçus ou même fatigués de l'Empire. Mais comment qualifier l'attitude de son frère aîné, Joseph Bonaparte, roi de Naples, régent en son absence. Cet ancien Roi d'Espagne que les Espagnols avaient surnommé « Pépé la bouteille », de par ses premiers décrets sur les boissons alcoolisées et les jeux de cartes dans leur pays. Pour son rôle de régent, le premier venu aurait mieux fait. Homme faible, dénué de tout sens politique, il eut mieux valu pour la France qu'il reste avocat comme il se destinait dans sa jeunesse.

Cela me fait aborder maintenant les faiblesses de Napoléon, car enfin comment comprendre qu'il puisse nommer tous les membres de sa famille, pour la plupart des incapables à des postes de responsabilité ? Et sans même parler de ses frères et sœurs, comment justifier le manque de clairvoyance dans certains de ses choix pour les ministres ou les généraux ?

C'est pour moi, un mystère ! Lors de l'écriture de ses souvenirs, il s'amende fortement sur certaines décisions de nominations. Il a aussi la dent dure, avec le recul, sur des proches.

N'a-t-il pas écrit sur le général Moreau, le capitulard de Soisson, que « *Moreau était peu de chose dans la hiérarchie des généraux. La nature en lui n'avait pas fini sa création. Il avait plus d'instinct que de génie* » ?

N'a-t-il pas écrit sur Ney qu'il « *prenait ses décisions parce qu'il ne pouvait pas faire autrement, et qu'après son retour de l'île d'Elbe, Nez ne commandait plus à ses troupes, c'était ses troupes qui le commandaient* » ?

N'a-t-il pas écrit sur Murat, « *qu'il était impossible pour lui de ne pas être brave, mais que le premier venu avait plus de têtes que lui* » ?

N'a-t-il pas écrit sur le maréchal Marmont, « *que l'élite de l'armée ennemie était perdue, sans ressource, elle eut trouvé son tombeau dans ces contrées de France qu'elle avait saccagées, lorsque sa trahison livra la capitale et désorganisa l'armée* » ?

N'a-t-il pas écrit sur le maréchal Augereau « *que ses paroles et ses manières lui donnaient l'air d'un bravache, mais qu'il était bien loin de l'être quand il fut gorgé d'honneurs et de richesses* » ?

N'a-t-il pas écrit sur Fouché « *qu'il serait resté fidèle s'il avait été vainqueur, et qu'il se donnait grand soin à être prêt selon toutes les circonstances* » ?

N'a-t-il pas écrit sur Talleyrand « *qu'il était toujours en état de trahison, et qu'il se comportait avec ses amis, comme s'ils allaient devenir ses ennemis, et avec ses ennemis, comme s'ils allaient devenir ses amis* » ?

Et enfin sur ces deux hommes qui se sont alliés pour le trahir, n'a-t-il pas écrit « *que Fouché est le Talleyrand des clubs, et Talleyrand le Fouché des salons* » ?

Enfin ce qui concerne Joseph, son frère, n'a-t-il pas écrit « *que dans les hautes fonctions qu'il lui avait confiées, la principale faute est de lui, il l'avait jeté en dehors de sa sphère* » ?

Alors ma question est simple ! Pourquoi ?
Je ne sais pas si tu pourras me répondre.

Ton ami dévoué, bien à toi.

Le 11 juin 1884, Paris.

Lettre d'Henry Houssaye.

Mon ami, j'avoue que ta lettre m'a bien fait rire, non la partie sur notre sujet favori de la campagne de France de 1814, mais bien tes problèmes municipaux, et notamment ta description sur les problèmes liés aux maisons closes de ta bonne ville de Quimper.

Je ne sais pas si tu as pu trouver une solution.

Je t'en proposerai bien une, qui te demandera quelques budgets, pour la mettre en place, mais enfin la tranquillité des nonnes, curés et enfants de ta ville est à ce prix !

Propose au conseil municipal d'aménager un autre chemin pour se rendre de la rivière de l'Odet à la gare. Ce nouveau chemin permettra aux personnes citées de passer par un chemin plus…calme, enfin en ce qui concerne les nonnes, nous pouvons le croire, en ce qui concerne les curés, c'est moins sûr et pour les enfants, cela dépend de leur âge et de leur sexe.

Le nom ne doit pas prêt à confusion. Il faut débaptiser la rue Neuve qui deviendra la rue des Filles de Joie, et la rue de Saint-Corentin, ou tout autre saint faisant l'affaire, pour la nouvelle rue.

Je ne résiste au plaisir de t'informer que nous avons à Paris, un problème assez semblable à celui que tu as décrit, mais dans un style un peu différent.

Le journal des échos, scandales, et autres grivoiseries, « Gil Blas[24] » nous a informés que le dernier dîner de la joyeuse confrérie des « Rieuses », ces dames artistes de nos fameux théâtres, vont suspendre leurs réunions pendant la saison morte des représentations pour aller sur les plages se reposer de leurs fatigues de l'année, accompagnées de nos dignes représentants masculins de la société mondaine.

Le repas a été, d'après le journal, aussi gai que d'habitude. Les chansons tout aussi spirituelles, mais un incident est venu émailler cette joyeuse libation. Des messieurs ont voulu forcer la porte, pour aller rejoindre cette confrérie des dames patronnesses de notre capitale. La police a dû intervenir, et emmener quelques joyeux lurons.

Pour terminer sur les potins mondains, un célèbre critique littéraire, voulant lancer la carrière d'une jeune élève du conservatoire, qu'il voyait comme la future Agar[25],

---

[24] Journal littéraire, très célèbre dans le Paris mondain, son audience faiblit à la fin du siècle.

[25] Léonide Charvin, dite Agar, elle fut avec Sarah Bernhardt l'une des

alla la présenter à un directeur d'un grand théâtre de Paris pour qu'elle puisse passer une audition. Celui-ci ne voulant pas déplaire au critique accepta, mais demanda qui pourrait donner la réplique à cette charmante enfant. Notre gros et gras critique insista pour lire les dialogues de la scène des Jeux de l'Amour et du Hasard. Le directeur eut beaucoup de mal à contenir son hilarité.

Comme tu le vois, mon ami, chaque ville à ses maisons closes, à Paris on les appelle parfois « Conservatoire » ou « théâtre », et nos filles de joie, « artistes ».

Mais il est tard, je vais me coucher, je reprendrai notre correspondance demain pour que la lettre puisse partir avec la prochaine levée du courrier.

Je reprends la plume, frais et dispo. J'ai oublié de te préciser hier soir que j'ai beaucoup apprécié ta dernière lettre et tes remarques sur le choix des nominations que Napoléon faisait.

Ce fut pendant longtemps, l'une de mes interrogations. Non que je pense avoir trouvé la juste réponse, mais au

---

plus grandes tragédiennes de la fin du siècle.

moins le début de mon explication me satisfait, aussi je te laisse le soin de me donner la tienne, pour ne pas t'influencer.

Jusqu'au 2 mars, la France pensait que la victoire serait au rendez-vous ou qu'une paix honorable serait signée, où les deux. Mais après, l'inquiétude, le doute et les craintes revinrent.

On avait appris la défaite de Bar-sur-Aude, où Macdonald se fit battre par le prince Swatzchenberg et sa retraite de l'autre côté de la rivière, celle de Soult devant Tarbes, celle d'Oudinot devant Troyes, la rupture des négociations de Lusigny, ce petit village de l'Allier. Et puis les nouvelles ne parviennent plus dans la capitale. On ne sait pas, ce qu'est devenu l'Empereur ni ce qu'il fait. Est-il encore en vie ? Est-il malade ? Est-il prisonnier ?

Le gouvernement est inquiet, son frère Joseph, dont tu parlais dans ta dernière lettre, l'adjure d'abandonner les frontières de l'Empire et de signer la paix. Il écrit que la paie, bonne ou mauvaise, serait un bienfait. La paix, la paix...alors Napoléon le 2 mars 1814 demande à Joseph de réunir le conseil de régence et de leur communiquer toutes les pièces des négociations avec les coalisées.

Le conseil conclut qu'il faut accepter les propositions des alliés par l'intermédiaire du ministre des Affaires étrangères, Jean-Baptiste de Nompère. L'Empereur est furieux, il ne veut pas la paix à ces conditions. De toute façon, il ne voulait pas un avis de la régence, mais il voulait connaître leurs positions, leurs sentiments, leurs impressions, leurs perceptions. Unanimité du conseil ! À ce moment, il sait qu'il est seul contre les coalisés.

Ton ami dévoué, écris-moi dès que possible !

Le 18 juin 1884, Quimper.

Lettre à Henry Houssaye.

Cher ami, ta correspondance m'a comblé de joie, et j'ai suivi tes conseils !

J'ai présenté ton projet au conseil municipal, ce fut un tel tollé des pour et des contre, que…le conseil n'a pas tranché et la décision est remise à plus tard.

Grâce à toi, j'ai réussi à faire d'un problème à résoudre seul, un problème à résoudre ensemble. Quelle que soit la décision, je ne serai pas le seul à être incompétent ou malhonnête ou idiot ou incapable ou ignorant, nous le serons tous ! Quel bonheur !

Plus sérieusement, pour sa position sur les négociations, je parle de Napoléon bien sûr, on peut citer ce qu'il a dit le 11 avril 1814, lors de son abdication : « *Je n'ai jamais cru à la bonne foi de nos ennemis. Chaque jour, c'était de nouvelles conditions, de nouvelles exigences. Ils ne voulaient pas la paix. Et puis, j'ai dit que je n'accéderai jamais à aucune condition que je croirai humiliante, quand bien même l'ennemi serait sur les buttes de Montmartre. J'abdique, mais ne cède rien*».

C'est de l'entêtement ou je ne m'y connais pas !

Mais, tu as raison, en ce début de mars, tout va mal, tout se délite et s'effrite, cependant il gagne encore une bataille, la dernière d'ampleur.

Je crois qu'il part de Soisson le 12, à la tête de 10 000 hommes. Le 13, il entre dans Reims, ses troupes ont bousculé les alliés, faits des prisonniers, tués le général qui commandait les régiments Russes, (j'ouvre cette parenthèse pour indiquer ma surprise à lire le nom de ce général Guillaume-Emmanuel de Saint-Priest, aristocrate français, immigré en Russie qui combat la France à Austerlitz, à Eylau et meurt quelques jours après la bataille).

Dans le même mouvement, Épernay, Châlons sont repris.

Cette armée que Blücher avait dit être anéantie vient d'écraser l'armée de Saint-Priest. Alors le vieux maréchal doute. Il a repris sa route sur Paris, mais à l'annonce de cette victoire, il ordonne à ses troupes se revenir vers Laon. Non seulement, il doute, mais, comme ses généraux, il craint l'Empereur, ce diable d'homme, qui comme le précise Langeron, autre émigré français devenu général russe, « *on le voit partout, il nous a tous battus, nous craignons l'audace de ses entreprises, la rapidité de ses marches, et ses combinaisons savantes. On prévoit un plan, il le déjoue* ».

Et ils craignent la levée en masse des paysans qui font le coup de feu partout et accompagnent tous les jours les marches des coalisés avec leurs fusils.

Paris doute et complote, la Province se bat et résiste. Paris veut la paix, la Province sait ce que cela signifie de pillages et de destructions.

Dernier élément en faveur de l'Empire, Bernadotte, a fait arrêter ses troupes à la frontière, il ne veut pas entrer sur le territoire national, les armes à la main, avec le secret espoir un peu fou de remplacer un jour Napoléon. Alors le vieux maréchal pense que celui-ci peut le trahir et retourner ses troupes suédoises contre les coalisés. Quand on doute de l'avenir, on doute de tout.

Schwarzenberg, fidèle à son caractère, hésite. Se diriger vers Paris ? Rester sur ses positions ? Contourner les Français ? Et puis, les vivres manquent, les paysans détruisent les convois de ravitaillement.

Le 16 mars, l'Empereur est de nouveau le maître du jeu. Toutes les troupes alliées ont arrêté leurs offensives et tentent d'organiser un repli. Leurs éclaireurs leur apprennent que celui-ci arrive à marche forcée pour couper leurs lignes qui s'étirent sur plus de 80 kilomètres. Quel retour des choses, la retraite de France pour repasser le Rhin, après la retraite de Russie pour repasser le Niémen, quinze mois plus tôt presque jour pour jour !

Ah, cher ami, je m'arrête à l'instant, épuisé de t'écrire.

Pour la question de savoir quelles furent les conditions qui poussèrent Napoléon à nommer des incapables, je n'ai toujours pas de réponse satisfaisante !

À te lire prochainement, ton ami de Quimper !

Le 25 juin 1884, Paris.

Lettre d'Henry Houssaye.

Mon ami, je n'ai reçu ta lettre que fort tard, je m'étais absenté de la capitale pour passer quelques jours à la campagne. Il fait beau et chaud[26], et c'est très agréable de quitter Paris pour respirer un air plus frais.

Je prends toujours plaisir à te lire. L'un de mes amis me demandait récemment si j'allais m'équiper de cette nouvelle invention qu'on appelle téléphone[27], et qui permet de se parler à distance dans une sorte de petite trompette. Je lui ai répondu que jamais, je n'en ferai l'acquisition.

On ressent en lisant une lettre, le plaisir que la personne a eu en l'écrivant, comme j'ai pu ressentir ton enthousiasme dans ton dernier courrier sur le redressement de la situation des armées françaises en mars 1814.

On imagine le moment où notre correspondant a écrit les mots et les phrases, surtout quand on se connaît comme nous, et que l'on devine facilement l'endroit, la pièce, la

[26] Il y aura un été exceptionnel en 1884.
[27] En 1884, il y a 3 800 abonnés.

table, les objets posés dessus, la vue que l'on a, en regardant par la fenêtre lorsqu'on écrit le courrier.

On imagine aussi le chemin parcouru par la missive avant d'être déposé à ton domicile par un brave facteur qui te remet cette lettre avec un sourire pour te signifier qu'aujourd'hui tu as la lecture d'un proche, d'un parent d'un ami, d'une relation, que tu sais qu'il a regardé l'oblitération pour savoir d'où elle provenait, comme sur ta dernière correspondance[28] « Quimper 12-06 ».

En te lisant, je crois que tu commences à bien comprendre cette énigme qu'a constituée cette campagne de France en 1814.

Le 14 mars, il prend la décision d'attaquer les Autrichiens, le point faible des coalisés, de par le caractère de Schwarzenberg. Il est rejoint par des troupes, les colonnes prennent la direction de l'Aube. La marche sur les deux jours des 18 et 19 mars, provoque la panique chez les alliés. À Troyes, où se trouvent les souverains étrangers, on se prépare à la retraite. Il faut faire une percée pour repasser le Rhin. On craint de traverser les Vosges, les paysans sont en armes, tapis dans les forêts. Le Tsar, si convaincu

[28] La machine Daquin oblitère les courriers à partir de 1884.

d'entrer et de défiler dans Paris, prépare ses bagages. Les missives de leurs généraux achèvent leurs morals et leurs espoirs d'obtenir une victoire décisive.

Le 19 mars, ils parlent d'une situation critique, alors ils prennent la seule bonne décision qui leur reste, concentrer toutes leurs troupes à un endroit, la ville de Troyes. Napoléon ne pense pas à une retraite aussi précipitée, se demandant si cela ne cache pas un piège, il prend cependant la route le 19 mars. Les divisions françaises bousculent tous les corps d'armée qu'ils rencontrent. On écrit même dans l'un des bulletins que : « *la retraite de l'ennemi fut si précipitée que l'on n'a pas pu voir son arrière-garde* ».

Cependant les forces ennemies sont repliées sur Troyes, concentrent leurs troupes, bien supérieures en nombre aux nôtres. Napoléon le sait, il néglige cette ville et veut se porter sur Vitry, au nord-est de leurs positions, les prendre à revers, un classique de ses manœuvres militaires. La bataille a lieu entre les deux villes, à Arcy sur Aube, les 20 et 21 mars.

Je te laisse, il fait toujours très chaud. Indique-moi si je peux venir te voir et passer quelques jours en Bretagne, où l'on dit que le climat est plus tempéré.

Ton ami Henry Houssaye.

Le 27 juin 1884, Paris.

Lettre d'Henry Houssaye.

Mon ami, je viens de recevoir ton télégramme, qui me précise que tu m'attends pour le 1ᵉʳ juillet à la gare de Quimper, juste le temps de préparer mes affaires, de prendre mon billet et de t'écrire en espérant que cette lettre arrivera avant moi. Quel bonheur de te revoir !

Je suis en train de classer quelques documents pour mon livre sur cette année 1814, et je ne résiste pas au plaisir de coucher sur le papier rapidement mes impressions.

Pour poursuivre notre échange, en ce jour du 20 du mois de mars, une décision du prince de Schwarzenberg rend service aux coalisés. Au lieu de battre en retraite, il prend la décision d'aller à la rencontre des Français. Tu me diras, 100 000 hommes contre 20 000, il ne prend pas une folle et audacieuse décision. Mais il faut avouer qu'il n'a pas habitué ses alliés à cela, je veux dire prendre des décisions audacieuses. Malheureusement pour lui, comme ses ordres arrivent trop tard ou il oublie de les donner, toujours est-il qu'au matin, peu de ses troupes sont sur place, et quand

Napoléon arrive sur place, il pense que le gros de l'armée coalisée bat en retraite.

Cependant des paysans français signalent des troupes importantes sur la rive, et effectivement toutes les heures, de nouvelles unités arrivent. Les Français dans la journée, se battent pied à pied, à tel point que le prince autrichien pense qu'il a devant lui beaucoup plus de soldats que la réalité. Il patiente en attendant de nouveaux renforts.

Trompé par ce calme relatif, l'Empereur pense qu'il fait retraite et lance toutes ses forces dans la bataille. Mais les régiments étrangers arrivent par dizaines, et il se rend compte que toute l'armée Russo-Autrichienne est devant la rivière. L'ordre d'une retraite est donné pour repasser sur la rive droite de l'Aude, en passant le pont de ce bourg. Toute l'armée profitant d'une hésitation de l'ennemi est sauvée, mais on n'a pas réussi à battre ou à repousser cette armée de Bohème.

Napoléon prend alors la décision de couper de nouveau leurs lignes de ravitaillement de vivres et de munitions. Il prend la route de Vitry et de Saint-Dizier. Il pense alors que les alliées ne pourront faire autrement que de le suivre et de s'éloigner de Paris.

Je m'arrête là, nous poursuivrons notre échange dans quelques jours.

À bientôt, mon ami.

Le 5 juillet 1884, Quimper.

– Quelle bonne idée mon ami, ce voyage en bateau ! Ce calme, cette tranquillité, et il fait beau temps !

– Mais tu sais, Henry que les voyages en bateau ne sont pas toujours de tout repos. On m'a raconté une anecdote, il y a peu, qui s'est passée à peu près à la même époque que la campagne de 1814, non loin des côtes de Paimpol, devant l'île de Bréhat. Le bateau des douanes de Morlaix le « Voltigeur » était en patrouille au large, un jour de grand beau temps également. L'homme de quart aperçut une embarcation poussant au large. Une toute petite barque, loin de la terre, c'était suspect, peut-être des contrebandiers, ou un canot mal manœuvré, pensa le capitaine du bateau des douanes. Il gouverna dessus, et vit le canot hissait une voile de plus, comme pour lui échapper. Cela devenait vraiment suspect. Il fit tirer un coup de canon, mais le bateau n'en tint compte. Au second coup de boulet qui ricocha, et passa devant l'embarcation, cela fit son effet et la voile tomba. Les douaniers furent bord à bord avec le canot. Il y avait deux marins de Roscoff qu'ils reconnurent. L'homme, qui tenait la barre semblait étranger. À côté, un jeune homme distingué était assis et dont les quelques mots prononcés semblaient indiquer une nationalité anglaise. Les deux marins furent interrogés. Pourquoi se trouvaient-ils si loin de terre dans une barque si frêle ?

C'est l'homme de la barre qui répondit en mauvais français qu'ils étaient sortis de Roscoff pour faire une partie de pêche, et qu'ils allaient y retourner. À ce moment, un manteau au fond de la barque bougea. Ils étaient cinq à bord. Le capitaine voyant cela pensa qu'on lui cachait un individu qui ne voulait pas se faire prendre. Le manteau se souleva et une jeune et jolie jeune fille apparut, en criant qu'elle voulait revenir à terre et appelant sa mère. Le costume qu'elle portait semblait indiquer qu'elle était de

Saint-Pol-de-Léon. On fit monter la demoiselle et le jeune Anglais à bord du bateau de la douane. Interrogée, elle déclara qu'elle était Française et habitait Saint-Pol-de-Léon. Elle avait seize ans. Cet Anglais et son domestique, celui qui tenait la barre, l'avaient enlevée lorsqu'elle se promenait au bord de la mer.

À cette accusation, le jeune Anglais, qui d'abord avait voulu ne pas répondre, déclara que c'était faux, et que la demoiselle était venue de son plein gré. Le capitaine leur dit qu'ils s'expliqueraient devant la famille, car il allait les y conduire. La jeune fille parut contente de cette décision, l'Anglais beaucoup moins.

Les deux matelots étaient atterrés et déclarèrent qu'ils ne voulaient pas se retrouver aux galères pour avoir enlevé une compatriote bretonne. Pendant le retour à Roscoff l'Anglais, avoua aux douaniers, qu'il partait en Angleterre avec elle, mais que ses intentions étaient honnêtes et qu'il voulait l'épouser.

Il devait mentir, bien sûr, mais d'après son auteur Jacques Boucher de Perthes[29] qui était alors inspecteur des douanes à Morlaix, le capitaine pensait aussi que la

---

[29] Il fut par la suite directeur des douanes, mais est surtout connu pour ses études sur la préhistoire, faisant admettre l'existence d'hommes préhistoriques.

demoiselle avait menti. Elle avait dû accepter un petit voyage en canot, avec son amoureux du moment.

On ne sait pas ce qu'il advient et de la jeune fille et de l'anglais, le capitaine les laissa se débrouiller avec les parents qu'il avait fait prévenir dès son arrivée au port, et qui étaient accourus pour récupérer leur fille.

– Autre temps, autres mœurs, mon ami, à notre époque, les Anglais et les marins auraient été livrés à la police et sévèrement condamnés pour enlèvement !

– Tu as raison ! Nous voici arrivés au bras de mer, l'Odet est derrière nous. Ne t'inquiète pas, le capitaine de ce cotre[30] connaît son métier.

– Belle rivière, chargée d'histoire, je suppose ?

– Oui, ce fut aussi une barrière entre deux pays qui ont développé une culture différente, le pays bigouden à l'ouest et le pays fouesnantais à l'est. Sais-tu pourquoi les bigoudènes portent une coiffe très haute ? Ah, je vois ton étonnement dans le regard ! Lors de la révolte des bonnets rouges, sous Louis XIV, le duc de Chaulnes, celui qu'on surnomma le bourreau ou le gros cochon, fit découronner tous les clochers des paroisses rebelles. Alors, les coiffes s'allongèrent pour commémorer la révolte contre les taxes

---

[30] Voilier à un mat, maniable et rapide.

et les impôts de France. Ce fut dans le pays bigouden que la révolution de 1789, fut bien accueillie. Pour le pays fouesnantais, les traditions sont plus enracinées dans les mentalités, le « giz fouen », c'est-à-dire la mode de Fouesnant, est encore bien dans la culture. Le mode vie est différent. Pour en revenir à cette rivière, il y eut longtemps une tradition de péage pour passer d'une rive à l'autre. Les marquis de Combrit et de Clohars-Fouesnant en avaient la jouissance. L'avantage fut supprimé à la révolution et rétabli en 1816, à la restauration. Au début, on ne faisait passer que les passagers, puis il y eut un bac qui connut quelques déboires. Le bateau fit naufrage en 1838, et quelques années auparavant lors d'une tempête il se détacha et disparut en mer.

– À terre, j'ai entendu un marin parler de la rivière des « vire court » !

– Ils savent que pour remonter au vent, il faut tirer des bords. Lorsque la distance entre les deux rives est courte, il est difficile de faire la manœuvre. Comme tu as pu le constater lors de la descente, il existe un endroit où le rétrécissement est fort prononcé après des coudes importants. Au XVII ième siècle, une flotte espagnole a voulu remonter la rivière pour s'emparer de la ville de Quimper.

Quand elle est arrivée à cet endroit, les Espagnols ont pensé que la rivière s'arrêtait, ils ont fait demi-tour. C'est depuis cette époque que l'on nomme l'endroit la « vire court » et par extension, la rivière.

Le 15 juillet 1884, Quimper.

– Non, mon ami, je n'ai que trop abusé de ta gentillesse et de ton hospitalité. Il faut que je reparte sur Paris. Mais as-tu remarqué que nous n'avons pas durant tout le séjour, parlé de notre campagne de France de 1814.

– C'est exact ! Nous avions tellement de sites à visiter, demain, nous prendrons le train jusqu'à Brest, ensuite le bateau, il faut visiter l'île d'Ouessant avant ton retour.

– Avec plaisir, depuis le temps que l'on me parle de ce bout de terre désert. Nous en étions restés au fait que Napoléon veut couper les lignes de communication des coalisés. Nous sommes le 21 mars 1814.

– J'ai lu qu'après une longue inaction, peut-être dû à des problèmes de santé, Blûcher a repris l'offensive et fait avancer ses troupes.

– Oui, il avance sur Soissons. Marmont est sur sa route, il se dirige sur la commune de Fismes, abandonnant la position de Reims. Napoléon lui reproche d'avoir fait ce choix, qui va entraîner un désastre. Ses hésitations, marches et contre marches le font cerner par les deux armées des alliés. Dans le même temps, Augereau, de par sa négligence, perd Lyon, la seconde ville de l'Empire.

– Oui, je me souviens du jugement que porta plus tard, l'Empereur, disant qu'Augereau, duc de Castiglione n'est plus le soldat qu'il avait connu. Les honneurs, les dignités, la fortune l'ont rendu moins courageux, plus enclin à la paresse et à l'incurie. Il l'a surnommé « le défectionnaire de Lyon ». J'ai trouvé la réponse à ma grande question. Pourquoi avoir choisi parfois des incapables ? Napoléon a fait des choix, c'est surtout vrai pour les militaires quand ils étaient jeunes, pauvres, sans honneur et qui se couvrirent de gloire sur les chemins de l'Europe. Plus tard avec la fortune et l'âge, ils ne voulurent pas tout perdre et se perdirent dans les chemins de la défection, voire de la trahison. C'est bien ce que tu pensais, quand tu disais avoir trouvé le début d'une réponse !

– Oui, c'est exact prenons le cas de ce Pierre Augereau, duc de Castiglione, il doit ce titre à sa conduite dans la campagne d'Italie, sous les ordres de Bonaparte, près de vingt ans plus tôt, en 1796. Il se couvre de gloire, son ardeur compte beaucoup dans le succès de l'armée française lors de la bataille. En novembre, à Arcole, il s'élance aussi à la tête de ses troupes sur le pont. Il est auréolé d'un prestige tel qu'il se prend à rêver d'éclipser Bonaparte, son général en chef. Il commence à participer à toutes les intrigues politiques, devient député, manifeste son opposition à Bonaparte, puis se rallie à lui. Ses ardeurs républicaines et son hostilité passive à l'Empereur cessent complètement quand celui-ci le fait maréchal de France, grand Officier de la Légion d'honneur, et duc de Castiglione avec versement d'une pension importante. Tu connais la suite et la fin, le 16 avril 1814, il demande à ses soldats d'adopter la cocarde blanche et dénonce son ancien chef comme un tyran.

– Napoléon a oublié Bonaparte ! Il aurait dû s'entourer par la suite, de personnes ayant moins à perdre, fortune, immeuble, honneur, distinction quand les revers militaires se sont succédé.

– Je pense qu'il en a tiré la conclusion après la bataille du Mont-Saint-Jean[31]. On dit qu'il se plaignait de ses maréchaux qui n'étaient jamais à leurs postes avec leurs troupes, qui préféraient les longues nuits dans des lits moelleux, et que les fatigues de la guerre étaient maintenant trop fortes pour ces gens ramollis.

– Il était trop tard !

– Tu sais bien que les montagnes n'atteignent jamais le ciel. Mais pour en revenir au début du désastre de cette

---

[31] Waterloo, le nom de Bataille du Mont-Saint-Jean est donné en France au XIXe siècle.

campagne, les Russes, les Autrichiens, et les Prussiens sont de nouveau en offensive et avancent partout. Leur objectif est de nouveau Paris. Napoléon ne veut pas la défendre, il sait qu'il perdra face aux deux armées qui se sont rejointes et forment ainsi une puissance de feu énorme. Il continue donc à se positionner pour couper les lignes de communication et se placer derrière leurs colonnes. Le 21, il est à Sommepuis, en arrière de Reims. Sa manœuvre commence à porter ses fruits, on capture des centaines de voitures de vivres et de munitions. Des milliers de prisonniers sont faits parmi les bataillons d'accompagnement.

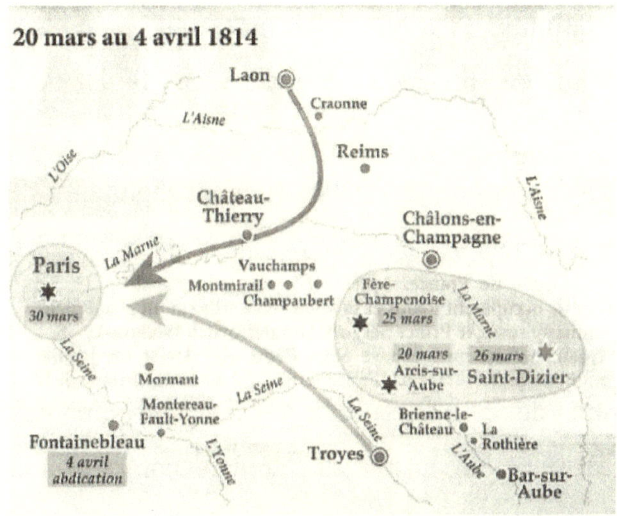

Mais des courriers de l'Empereur sont de nouveau saisis par des cosaques. Ils indiquent clairement ses intentions. Il se porte sur Saint-Dizier, pour couper la route de retraite des deux armées. Lors d'un conseil de guerre des coalisés à Pougy, une petite commune de l'Aube, ceux-ci sont lus et commentés par l'état-major ennemi. Certains généraux préconisent une retraite pour éviter la rupture avec les lignes de ravitaillement. Nous sommes le 22 mars, il est trois heures de l'après-midi. S'ils décident de la retraite, la campagne est perdue pour eux. Les troupes seront poursuivies, les convois pillés. Alors, ils décident d'abandonner les lignes de communication par la Suisse, et d'en ouvrir d'autre part les Pays-Bas. Pour cela, il faut se porter sur Châlons-en-Champagne. Tout est possible, rien n'est encore définitif. Pourtant le 24 mars, tout va se jouer sur la capture de plusieurs courriers de Paris pour l'Empereur.

Ce sont des lettres confidentielles de hauts dignitaires de l'Empire qui l'alertent sur le découragement de la capitale, l'épuisement du Trésor. Les arsenaux et les magasins sont vides. Jean-Marie Savary, duc de Rovigo, ministre de la police, homme de confiance, indique que de nombreux personnages haut placés, hostiles à Napoléon complotent et qu'il y aurait tout à redouter si l'ennemi s'approchait de la capitale. Ces courriers ne sont pas intéressants pour les

alliés, sauf pour le Tsar qui se met à imaginer un plan
machiavélique.

Le 18 juillet 1884, Quimper.

– Tu avais raison, mon ami, excellente idée de visiter cette île du bout du monde. Mais, on ne croise que des femmes, des enfants et des vieillards.

– C'est à cause de l'engagement des hommes pour la marine marchande ou les pêches au long cours. Les chefs de famille sont les femmes, c'est une société matriarcale !

Ce sont elles qui choisissent leurs époux. Elles gardent leurs noms de jeunes filles. Leurs époux après des années d'absence en mer habitent dans leur maison. Elles ont pour maris des hommes plus jeunes qu'elles, contrairement au continent, ou la « grande terre » comme elles l'appellent. Il y a quelques années, on comptait 400 marins embarqués pour une population totale de 2 400 habitants. Le dicton de ces femmes est de se marier dès qu'elles trouvent, car elles ne sont pas sûres d'en dénicher un.

– Elles peuvent en trouver sur le continent !

– Non, ils se marient entre eux, c'est une société très fermée[32]. Et ici c'est la femme qui travaille au champ et c'est l'homme qui recoud et raccommode ses vêtements.

[32] Ce fut le cas jusqu'au milieu du XXe siècle.

Sous la petite coiffe, elles ont les cheveux jusqu'aux épaules, mais pas plus long. Elles sont toutes brunes, costaudes, et larges de corps.

- Et en dehors de la pêche ou de la marine marchande, de quoi vivent-ils ?

- De la contrebande pardi ! On les appelle les smogleurs. Cela vient de l'anglais smuggler, contrebandier.

- On voit certains chantiers de construction !

- Les travaux ont débuté en 1860, on a construit des forts, une église, un phare, le nouveau quai de débarquement de la commune de Lampaul, une école et un bureau de charité sont en construction. Si nous avons pu visiter cette terre la plus à l'ouest de la France, c'est grâce à la liaison du vapeur que nous avons pris, la « Louise », qui effectue des liaisons régulières.

– Le débarquement n'est cependant pas de tout repos. Le vent est violent. J'ai cru qu'on allait chavirer. Heureusement le beau temps est de la partie. Mais avoue que le canot qui nous a débarqués sur le quai, le navire ne pouvant accoster, c'est une surprise !

– Tout à l'heure, il ne faudra pas louper le sifflement de la « Louise » qui nous avertira de son départ.

– Mon ami, quand tu as parlé l'autre jour, avant d'embarquer dans ce navire, de prendre le train pour aller de Quimper à Brest, je n'imaginai pas le petit tortillard jaune que nous avons pris. Ni la voiture à cheval de Brest au Conquet, deux jours de voyage pour 100 kilomètres, mais je ne regrette rien, quel dépaysement. J'imagine le regard de mes amis quand je raconterai mes aventures.

Le 25 juillet 1884, Paris.

Lettre d'Henry Houssaye.

Mon ami, me voici bien rentré et je regrette déjà mon dernier séjour dans ta Bretagne du bout du monde.

Mais je te dois quelques nouvelles de la capitale.

On se bat encore en duel de nos jours, qui plus est, entre députés. Se croyant insulté, le député corse Emmanuel Arène a provoqué Ernest Judet en duel. C'est Arène qui fut blessé à la main, les témoins ont décidé que l'affrontement devait cesser et que l'honneur était sauf des deux côtés. Quelle idiotie !

Pour fêter l'anniversaire de l'indépendance des États-Unis, on a remis au représentant de ce pays, une statue de la Liberté éclairant le monde. Elle sera destinée à être érigé sur un lieu en avant du port de New York. On dit qu'elle servira de trait d'union entre les deux pays. Il faudra des mois pour la transporter et l'ériger.

Pour en revenir à nos débats, je dois te décrire ce que j'ai appelé le plan machiavélique du Tsar Alexandre de Russie. Souviens-toi, les coalisés ont capturé des courriers venant de Paris.

Les renseignements que contiennent ces lettres, confirment ce que les envoyés des Bourbons ont déjà précisé, la ville va les accueillir à bras ouverts, pas le peuple, non, mais les élites, le parlement, les corps constitués, et même des ministres ! Alors, de nouveau le rêve du Tsar d'y entrer et de défiler sur les Champs-Élysées, pourrait se concrétiser. Mais comment croire ces courriers et ces émissaires, alors que les Français les reçoivent partout à coups de fusil ! Cependant ces hauts dignitaires, ces proches de Napoléon, confirment qu'ils seront bien reçus.

Alors le plan est tout trouvé, on prend la décision de marcher sur Paris, avec presque toutes les divisions, et on va mener une opération de diversion pour berner ce diable d'homme. Un général russe partira avec quelques milliers de soldats, de la cavalerie, de l'artillerie à sa rencontre. Le conseil de guerre de Sommepuis, où se trouve le Tsar prend toutes les dispositions nécessaires. Le 25, Swarzenberg fait demi-tour, Blücher reprend sa route, et le général Wintzingerode marche sur Saint-Dizier pour combattre Napoléon, qui informe, décide d'attaquer, pensant avoir affaire à toute l'armée de Bohème. Le 26 mars, la victoire française, la dernière, est totale, mais la route de Paris est ouverte, et le gros des armées alliées n'est plus qu'à quelques kilomètres.

Le 27 mars, l'impératrice Marie-Louise avec le roi de Rome son fils, et Joseph Bonaparte décident de quitter la capitale, contre l'avis de la plupart des ministres, dont Savary le chef de la police. Ils laissent ainsi les mains libres aux comploteurs. Joseph autorise notamment le chef de ceux-ci[33], Talleyrand à rester dans la ville. C'en est terminé de l'Empire.

Je m'arrête pour ce jour, ton dévoué ami.

[33] Il s'en défendra dans ses mémoires.

Le 2 août 1884, Quimper.

Lettre à Henry Houssaye.

Cher ami Henry, dans ta dernière correspondance, tu oublies la Ferté Champenoise et ses combats.

Sur la route de Paris des armées coalisées se trouvent quelques troupes des maréchaux Marmont et Mortier, 20 000 hommes face aux deux armées de Silésie et de Bohême maintenant complètement réunies. La bataille se termine en défaite, mais chose incroyable, dans le milieu de l'après-midi, alors que les troupes françaises vont faire retraite, les alliés cessent le combat, on entend le canon à l'arrière de leurs divisions. La rumeur se répand, c'est l'Empereur qui vient à leur secours. Aucun ordre n'est donné, mais les soldats avancent et culbutent les premières lignes ennemies.

Très vite cependant, ils sont débordés et doivent reculer.

Mais qui a donné du canon ? C'est un général italien Michel-Marie Pacthod qui commande 4 000 volontaires et gardes nationaux, les fameux « Marie-Louise », dont tu parlais. Ils coiffent des chapeaux civils, sont chaussés de sabot, n'ont pas de tenue militaire et sont équipés de vieux fusils, pourtant ils vont tenir tête à toute une armée durant des heures, ce jour du 25 mars 1814. Six carrés de soldats chargés par 20 000 cavaliers, mitraillés par cent canons. Le Tsar et l'Empereur d'Autriche étaient présents, dit-on.

On raconte aussi, détail amusant, que leur arrivée sur les lieux avec leurs états-majors firent croire aux Russes qu'il s'agit de renforts français, on leur tire dessus au canon. Le Tsar fait mettre en batterie et fait tirer sur ses troupes, pensant qu'il s'agissait de l'artillerie française. Cela permet aux grades nationaux de se replier vers des marais.

Devant la bravoure de ceux-ci, les souverains leur demandent à deux reprises au général italien et à ces « Marie-Louise » de se rendre avec honneur. Il ne reste que le quart de ces hommes, au moment de la reddition.

Cet épisode changea cependant, enfin je le crois, le moral des deux maréchaux, notamment de Marmont, qui a perdu aussi un tiers de ses troupes. Il pense déjà à la capitulation.

Qu'en dis-tu ?

Tu ne m'as pas parlé dans ta lettre du rétablissement du divorce après l'adoption du projet de loi d'Alfred Naquet. Quand je pense que cet acte fut promulgué par la révolution, maintenue par l'Empire et abolie par la restauration en 1816.

Pour terminer quelques nouvelles diverses du Finistère dont tu es si friand…

Sache d'abord que le tribunal d'assise de Quimper vient de condamner un jeune homme de 16 ans pour…attentat à la pudeur sur une jeune fille de 13 ans Ah, mais c'est qu'on ne badine pas avec les bonnes mœurs dans notre région ! Trois ans d'emprisonnement pour les faits. Ils sont devenus fous ! Par contre dix ans de prison pour un marin à la retraite qui a violé sa fille de 12 ans. Ils ne font pas beaucoup de différence entre un délit mineur et un crime.

Le conseil municipal de Quimper s'écharpe ces jours-ci sur la dénomination des rues, notamment de la « rue Royale » que certains, dont moi, voudraient débaptiser pour le nom de « rue Nationale ». L'un des adjoints Monsieur Soudry a élargi le débat en précisant que la plupart des noms de rue ne signifient rien pour les touristes de plus en plus nombreux à visiter notre ville, et qu'il faudrait leur donner des noms de gens illustres qui y sont nés ou ont fait leurs études, comme le commandant des Indes Dupleix ou l'amiral Kerguelen ou l'abbé Berardier, l'ancien professeur de Camille Desmoulins et de Robespierre. Finalement, nous n'avons décidé de rien, ou plus exactement nous avons décidé de nommer une commission qui va étudier le problème épineux des noms des rues de Quimper, ce qui revient à ne rien changer pour le reste de la législature municipale. J'ai voté pour, comme tu le remarques j'apprends vite.

Dernier point que je voulais soumettre à ta sagacité. Et ce fait divers me réconcilie avec les jurys populaires. Marie-Jeanne R. vient d'être acquittée. Elle était jugée pour avoir mis le feu à la maison de son ancien maître Hervé M. qui l'avait renvoyée. Il l'avait accusé d'infanticide, et la rumeur publique s'en étant emparé. Il avait pu la renvoyer facilement et sans gage. Elle a déclaré avoir mis le feu, non pas pour se venger de celui qu'elle a désigné comme étant le père de son enfant, mais qu'elle voulait mourir dans le lit où il avait abusé d'elle. Elle a précisé qu'elle n'avait pas tué son enfant, mais qu'il était mort-né. Je crois qu'on aurait dû aussi juger le maître comme on a jugé la servante.

De nombreux cas sont dévoilés chaque année dans notre département et les départements voisins, et toujours les mêmes descriptions sont faites. Ce sont des femmes, journalières ou domestiques dans des fermes ou chez des bourgeois, illettrées, dont on abuse du droit du « seigneur », et qui peuvent à tout moment être renvoyées dans leurs misères et dans la rue.

Les traditions et la religion de nos contrées accroissent ces délits et crimes. Souvent, cela se termine par un infanticide, qu'elles nient, convaincues au plus profond d'elles-mêmes d'avoir donné naissance à un mort-né, et non de les avoir tués dans un état second.

Ce sont les meurtres indirects des hommes qui abusent de leurs positions. Mais, elles sont néanmoins les seules à supporter l'opprobre de nos concitoyens.

Je vais, cher ami, terminer cette lettre par une nouvelle plus légère. Le conseil municipal a enfin décidé » que l'heure officielle de la ville[34] serait l'heure de Paris.

Bien à toi, ton dévoué ami breton.

[34] À l'époque, la plupart des villes sont à l'heure du soleil, ainsi Brest est en décalage de 27 mns, par rapport à la capitale. L'arrivée du chemin de fer va modifier cela et la loi du 14 mars 1891 donnera une seule heure officielle pour la France.

Le 10 août 1884, Paris.

Lettre d'Henry Houssaye.

Mon ami, heureux d'apprendre que nous serons ainsi logés à la même heure, si je puis dire.

J'ai beaucoup de difficulté parfois à commenter certains des faits que tu décris, notamment les infanticides qui semblent être nombreux en Bretagne.

Que dire ! La situation est différente ici, dans la capitale. Certes cela existe encore et quelques procès ont bien lieu. Mais le poids de la « tradition » et les valeurs de l'Église catholique tendent à devenir moins présentes dans les votes des jurés d'assise. Les lois sur l'école gratuite, obligatoire, et laïque de Jules Ferry et Paul Bert y sont, je le crois, pour quelque chose. Il existe encore quelques procès, mais qui ne font plus la « une » des journaux.

Pour en revenir à l'année 1814, tu as raison de citer les batailles de la Ferté Champenoise. Tu fais remonter la volonté de Marmont d'abandonner Napoléon et de vouloir négocier avec les coalisés à ce moment précis. Tu as peut-être raison. En lisant les rapports de celui-ci et les comparants à ses mémoires, que de différences ! Par contre, plusieurs témoignages font état des « fuyards de Marmont ».

S'il n'arrive pas ou plus à reprendre ses régiments en main, c'est bien qu'il ne veut plus se battre. Le 27 mars, on signale à Meaux le général Vincent qui arrive à rallier cinq ou six cents fuyards, mais indique à Clarke qu'il a vu passer 1 500 hommes qu'il n'a pu réussir à arrêter.

Meaux était le salut de Paris, il fallait tenir en attendant l'arrivée des troupes de Napoléon à l'arrière des deux armées ennemies. Trois généraux, Vincent, Ledru et Compans avec 6 000 hommes, pas toujours bien équipés ni formés, décident de tenir cette ville. Le 27 dans l'après-midi, les éléments de l'armée de Silésie arrivent sur la route de la Ferté-sous-Jouarre. La position est intenable, les débris du corps d'armée de Marmont s'enfuient devant les Prussiens. La ville est évacuée. Le 28, ils attaquent Claye où les troupes de Vincent se sont retranchées, à moins de dix lieues du centre de Paris. De combat en combat, malgré des renforts venant de la capitale, les bivouacs français le 28 au soir sont à Vert-Galand, à quatre lieues de Paris.

Durant ses événements funestes, Napoléon avait compris que les coalisés l'avaient leurré, sa victoire de Saint-Dizier était en trompe-l'œil, le gros des troupes coalisées fonçait sur la capitale.

Alors, quelle décision prendre ?

Foncez sur Paris ! Y revenir à marche forcée ? Il sait que les armées étrangères ont trois jours d'avance ! Lorsque le reste de sa Grande Armée y parviendra, la ville sera-t-elle occupée ? Les gardes nationaux, vont-ils pouvoir résister quelques dizaines d'heures avant son arrivée ?

Ou alors, abandonner Paris, comme le Tsar a abandonné Moscou ! Occuper tout l'est de la France, de la Seine à la Meurthe ? Couper les ennemis de tous supports, armes, munitions, ravitaillement venant de leurs pays ? Occuper de nouveau les territoires qui permettront la libération des places de l'est encerclées ?

Le général Dubrulle a forcé le blocus de Metz et fonce rejoindre l'Empereur avec 4 000 hommes. Le général Broussier a quitté Strasbourg avec 5 000 hommes. Le général Duvigneau a quitté Verdun avec 2 000 hommes. Car la stratégie de Napoléon réussit. Libérant tous les territoires entre Strasbourg et Saint-Dizier sur une ligne de près de 100 lieues, les soldats bloqués dans les places fortes le rejoignent. C'est 36 000 hommes aguerris qui commencent à le rejoindre !

Toute la paysannerie de la Champagne, de la Brie, de la Bourgogne, de la Lorraine, de la Franche-Comté, de l'Alsace se sont organisés en bataillons sous la férule d'officiers en retraite, et tiennent les campagnes, les montagnes, les forêts et les routes. À Nancy, où se trouve le grand dépôt d'approvisionnement de l'armée de Silésie et à Langres pour le dépôt de l'armée de Bohème, les gouverneurs prennent leurs dispositions pour retraiter. On commence à parler de « Vendée Impériale » pour l'ennemi. Le tocsin sonne partout !

Voilà, mon ami, en ces jours de la fin du mois de mars, la situation de notre France de 1814 !

Mais j'avoue que je n'ai pas compris ce qu'a voulu faire Napoléon durant ces derniers jours de mars !

Ton dévoué, à te lire rapidement.

Le 25 août 1884, Quimper.

Lettre à Henry Houssaye.

Cher ami, je remarque ton incertitude sur la volonté de l'Empereur aux premiers jours de ce printemps 1814. Faut-il abandonner Paris, et perdre la capitale de l'Empire ?

Cependant, les documents que j'ai consultés me font penser qu'il avait envisagé cette possibilité. Il avait donné des ordres pour que l'Impératrice et le gouvernement quittent Paris quelques jours auparavant. D'après les mémoires de Joseph, dès le 15 mars, il s'était résigné à ce choix. Mais à l'heure de la décision, il temporise, ne sachant que faire. Le général le veut, l'Empereur ne le veut pas !

Tout grand homme qu'il est, c'est son entourage qui le décide dans son choix. Car son état-major, fatigué des années de guerre et ne voulant pas sacrifier leurs familles et leurs biens dans Paris, lui conseille de rejoindre la ville. Je pense que leurs décisions auraient dû l'alerter. Comment penser que des hommes ne voulant pas mettre en danger leurs familles et leurs richesses peuvent tenir un siège et combattre au risque de tout détruire et de tout perdre ?

Le seul qui conseilla de camper sur les positions reconquises en Lorraine fut le maréchal Macdonald. Les autres savent qu'ils vont tout perdre.

Il cède et le 27 au soir, il donne les ordres pour faire mouvement sur la capitale le lendemain.

Arrivé à Doulevent, un émissaire lui apporte une dépêche codée d'Antoine Valette, son ancien aide de camp, qui lui indique que des partisans et adversaires œuvrent à livrer la ville à l'ennemi. Le soir, à marche forcée avec la garde, il est à Troyes. Le lendemain, le 30 mars, il part à cheval avec les escadrons de service, il veut être aux Tuileries, le soir même. Il laisse le commandement de l'armée à Berthier, et part avec Caulaincourt, Flahaut, Lefebvre, Courgaud pour organiser la défense.

Je compare maintenant la situation de 1814 avec la situation toute proche dans nos mémoires de 1870. Car enfin, ce sont bien les Parisiens qui se sont battus et organisés le siège, et ce sont bien les généraux et les politiques comme Thiers et nos « Jules » qui ont négocié la capitulation.

Je compare le bombardement de la ville qui commence le 2 janvier 1871, qui détruisit aussi les beaux immeubles de nos élites actuelles, avec la bataille où les combats du 30 mars 1814 détruisent les belles propriétés des maréchaux d'Empire.

Je compare enfin les avertissements de l'Empereur de Prusse Guillaume Ier sur la destruction et le pillage de Paris en février 1871, avec les avertissements du Tsar russe Alexandre Ier auprès de Joseph pour lui dire que si la ville veut se défendre, il ne pourra pas empêcher ses troupes de la piller.

Et dans les deux cas, c'est la province et le peuple de Paris qui résiste, et les élites qui capitulent.

Mais qui peut les blâmer, il est toujours facile de disserter, cher ami, comme nous le faisons depuis des mois, à refaire la campagne de France, mais que ferions-nous sachant nos familles et nos maisons en danger ?

Pour terminer cette lettre, sache que seul le sénateur Camescasse de la ville de Brest a voté pour la loi sur le divorce, tous les autres sénateurs de Bretagne ont voté contre. Nous avons encore du chemin à parcourir dans notre belle région.

Nous sommes encore à nous écharper au conseil municipal pour la création d'une seconde école de filles dans notre ville. Les conservateurs ne voient toujours pas l'utilité de l'éducation et de la scolarité de nos jeunes filles.

Ils se raccrochent au vieux principe du patriarcat le plus archaïque. Tous les prétextes sont bons pour retarder le projet de construction…adjudication des terrains, budgets alloués, autorisations diverses.

Je te quitte sur cette description d'un combat pour l'école pour toutes, gratuite, laïque et obligatoire qui n'est pas encore terminé dans notre France de 1884.

Bien à toi, ton dévoué ami breton.

Le 6 septembre 1884, Paris.

Lettre d'Henry Houssaye.

Mon ami, content que tu donnes de ta personne à te battre pour la construction d'une école de filles.

Cependant, je te reprends sur certains points.

Comme tu le sais, ce sont nos lois de 1881 et 1882, qui rendent l'enseignement primaire public et gratuit pour les moins de 13 ans. Il est devenu (normalement) laïque, mais c'est une obligation d'instruction et non de scolarisation. L'éducation des jeunes filles est tout juste proposée par ces lois, et non voulue.

Ce qui signifie bien que l'instruction peut être donnée au sein des familles, et pas seulement au sein des écoles. Même si ces lois sont censées soustraire nos jeunes au travail obligatoire, elles ont pu juste permettre de limiter le travail ouvrier ou domestique[35] pour les moins de 13 ans, mais pas de le supprimer.

Heureusement, la loi de Camille Sée ouvre les études secondaires aux demoiselles depuis 1880, mais que notre

---

[35] Une loi de novembre 1892 le limite à 10 heures par jour, avant cette loi, pas de limite.

France est rétrograde et conservatrice pour nos jeunes filles et nos femmes.

Par contre, je ne suis pas du tout en accord avec ta dernière lettre dans laquelle tu compares 1870 et 1814. Rien de comparable !

Car en 1814, on s'est battus dans Paris, et même le maréchal Marmont, duc de Raguse, avant de raguser[36], s'est battu. On s'est battus avec moins de 15 000 hommes formés, instruits et équipés pour le faire, soit moins d'un cinquième des effectifs. Les autres sont malades, blessés, non formés ou sans équipements. Je t'accorde qu'il y avait aussi en 1870 à Paris les mêmes faiblesses dans les troupes, mais sur des effectifs dix fois supérieurs.

La grande différence aussi c'est qu'en 1814, on s'est battus une journée, puis on a capitulé, enfin le Roi Joseph, et le gouvernement avec l'aide, l'apport et la complicité des maréchaux ont capitulé, mais le Paris de 1871 a résisté durant des mois, sans céder, sans capituler. Des manifestations se sont déroulées dans la capitale insurgée chaque fois que les « Jules » et les généraux parlaient d'armistices.

[36] Expression du XIX siècle signifiant trahir.

Voici comment s'est déroulée cette « bataille de Paris ».

On commença sous les ordres du roi Joseph et du ministre Clarke à prendre les mesures nécessaires pour défendre la ville et ses faubourgs le 29 mars. Mais, il eut fallu le faire bien avant. À cette date, les colonnes russes, prussiennes, autrichiennes et allemandes étaient à quelques lieues. Il était trop tard pour résister des semaines, mais pas trop tard pour deux ou trois jours, le temps que Napoléon et ses troupes arrivent.

Les coalisés voulaient attaquer la ville par le nord, et ce pour deux raisons, la première c'est qu'ils étaient bordés par la Marne si l'Empereur arrivait rapidement, cela les protégeait. La seconde c'est qu'ils avaient ainsi, un chemin de retraite par la Belgique et les Pays-Bas. Même à cette date du 29 mars, ils n'étaient pas assurés de vaincre, de défaire les troupes impériales et de forcer la défense de la capitale.

Ils se divisent en trois colonnes, la première prend la route de Saint-Denis, la seconde, Bondy et la dernière, Neuilly. Avant l'attaque, des parlementaires russes apportent des propositions de paix au gouvernement, et au peuple des idées de révolte contre l'Empereur. Ils doutent de leur triomphe. Le colonel Blücher négocie avec les généraux français, une trêve de quatre heures est décidée. Le général Compans parfait sa défense de la butte de Beauregard, près de Belleville. Je le cite, car il va, durant longtemps, refuser toute capitulation. Les alliés eux en profitent pour déployer leurs troupes, plus de 120 000 hommes pensant ainsi troubler les défenseurs. Ils ont les murs à leurs pieds, cette ville qui n'a plus été approchée par des troupes ennemies depuis des siècles. Le 30 mars au petit matin, les colonnes avancent sur Montmartre, Belleville et Charenton. Tenant les hauteurs de ces faubourgs, ils peuvent canonner la capitale et forcer la reddition.

Le Tsar veut qu'elle intervienne le soir même, le 30. Sinon, qu'adviendrait-il de ses armées si la résistance doit durer plus longtemps, toutes les lignes de ravitaillement sont coupées. On ne sait pas où se trouve Napoléon, pas loin, sans nul doute. Et puis un combat dans les rues, et c'est un massacre pour les alliés. Les maisons ne sont pas en bois comme à Moscou. Les Parisiens savent se battre, et ne sont pas illettrés comme les Moscovites. Un canon en enfilade dans une rue étroite peut bloquer tout un régiment. Nous l'avons vu lors des évènements de la Commune. Il faut donc jouer sur une intimidation énorme, et sur les bonnes personnes, et il sait qui, de par les rapports des espions royalistes.

Le 30, à quatre heures du matin, le tambour retendit dans les rues et les faubourgs, l'ennemi est là. Des foules d'ouvriers et de miliciens se massent place Vendôme et aux Tuileries, et réclament les fusils qu'ils n'ont pas.

On se positionne. À l'est et au nord, les cavaliers des généraux Ornano et Vincent couvrent la butte Montmartre. Au centre l'infanterie des généraux Michel et Rebeval couvrent la Villette jusqu'à Belleville. Les généraux Compans et Desessarts couvrent la butte Beauregard. Au sud, les cavaliers et l'artillerie des généraux Boudesoulle et Merlin couvrent Charonne et Mont-Louis. Le fort de Vincennes, Saint-Maur, Charenton ont des garnisons. Des compagnies de grenadiers défendent la barrière du Trône[37].

Marmont et ses troupes marchent de Saint-Mandé sur Romainville. Joseph, malgré son poste de gouvernance général laisse Marmont et Mortier décider seuls des positions, de la stratégie et des ordres donnés.

À cinq heures, on se bat près du château de Romainville[38], dans les bois environnants.

---

[37] Ancienne barrière d'octroi de l'enceinte des fermiers généraux, situé sur l'avenue du Trône, près de Nation.

[38] Situées près de Pantin, les ruines sont détruites en 1993. À l'époque

J'imagine de loin, ta stupeur, mon ami, des bois près de Pantin ? Et oui, en 1814, notre capitale compte 550 000 habitants, loin de nos 2 000 000 actuels de 1884. La ville n'est pas si étendue.

On se bat parce que la position est importante, c'est la clé du plateau nord-est de Paris. À 7 heures, on est maître du terrain, à 8 heures on bat en retraite, toutes les divisions russes de cette colonne se jettent sur le terrain.

À 10 heures, le terrain est presque entièrement reconquis, les troupes de Mortier sont venues prêter main-forte aux troupes de Marmont. La situation est incertaine. Marmont et Compans tiennent les positions, les « Marie-Louise » du général Boyer chassent les cuirassiers russes de Pantin. Les troupes de Blücher sont mitraillées à Aubervilliers. Les coalisés sont désorganisés, les ordres n'arrivent pas et la coordination des trois colonnes n'est pas faite.

Les états-majors de Joseph, Clarke et Hulin, le gouverneur militaire de Paris, sont assemblés au Pavillon rouge des cinq moulins de la butte Montmartre.

---

il appartient à la famille Ségur, dont est issue Philippe-Paul de Ségur, maréchal d'Empire et historien de Napoléon.

Ces trois hommes décident d'envoyer un émissaire à l'état-major ennemi, mécontents que les demandes de rencontre des parlementaires russes sont refusées par les militaires sur le terrain.

Cet émissaire fut le dénommé Peyre, architecte, et capitaine des sapeurs-pompiers. Pourquoi lui ? Et pas un officier de leur entourage ? Avait-on peur d'un autre refus des militaires ?

Toujours est-il que ce civil part, transmettre leur demande de savoir quelles sont les intentions des coalisés pour Paris, et de revenir avec leurs propositions.

Le Tsar comprit tout de suite la possibilité et l'ouverture que faisait le gouvernement de la capitale. Il rencontre lui-même le capitaine des Sapeurs-Pompiers, lui décrit une situation apocalyptique des cosaques entrant dans Paris, et lui indique que la destruction de sa cité est entre ses mains.

Il le fait raccompagner par le comte Orlow[39], son diplomate de service, et s'adressant à celui-ci sur un ton presque larmoyant, précise en Français : « *Comte, je vous autorise à faire cesser le feu, arrêter les attaques et même la victoire pour sauver Paris. Dieu a voulu que j'assure la paix du monde, si nous pouvons arrêter de répandre le sang, nous nous en féliciterons...sinon, dans les palais ou sur les ruines, l'Europe couchera ce soir à Paris* [40]».

De retour sur Pantin, et essuyant les tirs français, les émissaires russes ne poursuivent pas. Seul Peyre, abasourdi par la mission confiée par l'Empereur russe, se rend à la butte pour rencontrer le gouvernement. Il tend les missives remises par Alexandre à Joseph et explique et les paroles conciliantes et les menaces. Celui-ci convoque sur le champ le conseil de défense pour prendre leur avis, le sien est déjà fait, il faut capituler. Le conseil donne, à l'unanimité le même avis, alors on fait porter une dépêche aux deux généraux Marmont et Mortier : « *Si vous ne pouvez plus tenir vos positions, vous êtes autorisé à entrer en*

---

[39] Orthographié Orloff à l'époque, c'est son cuisinier français qui lui dédie la recette du veau orloff.

[40] Mémoires du comte Orlov et de Peyre.

pourparlers avec l'Empereur de Russie et de vous retirer sur la Loire ».

Le premier acte de la capitulation est terminé.

Ils abandonnent le pavillon rouge et prennent tous la route de la fuite, vers la Loire. La capitale n'a plus de gouvernement.

Le second acte de la capitulation est terminé.

Il est midi ce 30 mars, les troupes ennemies se massent, mais sont toujours contenues sur les lignes de défense. Puis les divisions arrivent toujours, c'est maintenant 120 000 soldats qui attaquent. Il est une heure, la missive de Josèphe arrive à Marmont.

Les troupes françaises commencent à se replier par petit groupe, le jour avance, la nuit va bientôt arriver, les combats devront cesser, rien n'est perdu, Napoléon est tout prêt, le lendemain matin il sera là derrière les troupes ennemies, pour les prendre à revers. Le général Dejean arrive de Troyes, pour indiquer que l'Empereur à une demi-journée. Il est trop tard, Joseph s'est déjà sauvé, les ordres de reddition sont donnés.

Il est deux heures, toutes les troupes alliées attaquent, ils sont repoussés. Mais les flancs de Marmont sont attaqués durement. Il prend alors la décision d'utiliser l'ordre qu'il a reçu de négocier s'il ne peut tenir ses positions. Il envoie des parlementaires et se replie sur Belleville.

C'est le troisième acte de la reddition.

Il est quatre heures, partout les Français reculent sous le nombre. Le jour décline. On recule, mais on résiste encore, ce n'est pas la déroute. Les troupes alliées s'arrêtent, ils ont l'ordre de ne pas dépasser les enceintes de Paris. À ne moment, tout est encore possible, les pertes de part et d'autre montrent la détermination des régiments de l'Empire, 6 000 Français pour 18 000 ennemis. C'est l'une des journées les plus sanglantes de la campagne de France.

J'ai mis plusieurs jours à te décrire cette bataille, je ne peux aller plus loin.

Ton dévoué ami de Paris.

Le 15 septembre 1884, Quimper.

Lettre à Henry Houssaye.

Cher ami, je te comprends. Toi, décrire la résistance des troupes et la capitulation des politiques, sans compter les trahisons. Cela nous refait penser à l'année 1870. Alors, je vais le faire à ta place.

Tu as raison, le général Dejean passe l'après-midi à chercher désespérément Joseph, il trouve finalement Mortier, lui dit que l'Empereur arrive, qu'il faut tenir jusqu'au lendemain. Le maréchal lui montre ses troupes décimées et indique qu'il a, sans ordre, négociait une trêve avec le prince Schwarzenberg. Mais celui-ci refuse d'arrêter le combat.

Finalement, les deux maréchaux, Mortier et Marmont se rejoignent et partent négocier avec les émissaires des coalisés dans un cabaret, situé près de la barrière de Saint-Denis, « le Petit Jardiner ».

Là dans cet endroit de misère, ils négocient, point par point durant des heures, rejetant les propositions, puis l'acceptant sur de nouvelles bases. Leurs troupes pourront quitter Paris avec leurs armes, Paris ne sera pas livré au pillage, seuls les gardes nationaux et les miliciens seront désarmés. Marmont quitte l'endroit, la nuit est tombée, un assaut ne peut se faire, il se rend dans son hôtel, rue de Paradis. Quand il arrive, tous les comploteurs royalistes et les défaitistes sont là, avec Talleyrand comme chef de file. On sait que Joseph a fui Paris, on sait aussi qu'il a les pleins pouvoirs pour négocier. Il faut le convaincre. Avait-il à ce moment pris sa décision ? Nul ne le sait ! Mais ceux qui sont venus le voir, oui, très certainement !

Chabrol, le préfet de la Seine, Pasquier, le préfet de police, Lavalette, directeur de la poste, Girardin, l'aide de camp de Berthier, arrivé le soir même de Troyes. Bourrienne, l'homme d'affaires peu scrupuleux, Lafitte, le banquier, des membres du conseil municipal, du sénat et de l'assemblée.

Tous le félicitent de négocier la capitulation, sauf La Valette et le général Girardin qui s'y opposent. Tous évoquent sans pudeur et sans honte la chute de Bonaparte, on ne parle plus de Napoléon, et le retour des bourbons. Il objecte encore que les chefs de l'armée d'Empire seront mal traités par la monarchie, mais le banquier Lafitte et surtout Talleyrand le rassure. Lui et les autres maréchaux mal traités, mal reconnus, mal aimés par Louis XVIII ? Certes non ! Comment cela serait-il ? Et lui, ne serait-il apprécié comme il se doit ? Ne serait-il remercié d'avoir défait un aventurier qui se souciait peu du sort de la France ? Car enfin, c'est lui, Marmont, qui a le sort du pays entre ses mains, et qui a pris la bonne décision !

Alors l'ovation qu'il a reçue, les louanges de Lafitte et de Talleyrand, les remerciements de tous ceux qui se trouvent près de lui, cette nuit du 30 mars, font que l'ambition, l'orgueil, la vanité de cet homme prennent le dessus.

Dans sa proclamation du 1 mars 1815[41], à son retour de l'île d'Elbe, Napoléon dit froidement : « *L'élite de l'armée ennemie en 1814, eut trouvé son tombeau dans les contrées de France qu'elle avait si impitoyablement saccagées, lorsque la trahison du duc de Raguse livra la capitale et désorganisa l'armée* ».

---

[41] Débarquant à Golf Juan le 1 mars 1815 avec 500 hommes, il lance une proclamation aux troupes, qui commence par ces mots : « Soldats, nous n'avons pas été vaincus… »

En quittant la demeure de Marmont, que le diplomate russe Orlow avait accompagné en guise « d'otage », Talleyrand s'approche de celui-ci et lui dit : « *Monsieur, veuillez bien vous charger de porter aux pieds de Sa Majesté, l'Empereur de Russie, l'expression du profond respect du prince de Bénévent[42]* ».

Ce fut le dernier acte de la reddition ou plus exactement de la capitulation.

Le 31 mars aux premières heures du matin, par lettre du Tsar apporté à Orlow toujours au domicile de Marmont, celui-ci est en mesure d'accepter les conditions exigées par les deux maréchaux. L'acte fut rédigé séance tenante. Ensuite, il en fit lecture aux personnes présentes. L'acte

[42] Mémoires d'Orlow.

était signé de sa main, et contresigné par ses deux aides de camp.

Les troupes évacuées Paris, la capitale ne serait pas soumise au pillage, il restait cependant, à régler l'entrée et le logement des souverains étrangers et de leurs troupes. Le préfet et des conseillers se proposèrent alors d'aller voir le Tsar et de lui apporter des solutions.

Mais où se trouve Napoléon au moment de la signature de l'acte ? Cher ami, je n'ai pas trouvé dans les archives, les déclarations, les mémoires et les écrits, trace de l'endroit où il se trouvait avant de rejoindre Fontainebleau, au moment de cette signature !

À te lire, ton ami de Bretagne.

Le 20 septembre 1884, Paris.

Lettre d'Henry Houssaye.

Mon ami, merci d'avoir pu continuer le récit de ces heures tragiques.

Durant ce temps, dans la nuit du 30 mars, Napoléon se trouve à six lieues de Paris, près de Juvisy-sur-Orge, dans un relais de poste, dénommé la Cour-de-France, il change de voiture, et c'est là qu'il apprend par un officier de cavalerie Belliard qui arrive, ce qui s'y passe. Il vient sur ordre de Mortier préparé les cantonnements des troupes qui vont quitter la capitale, puisque la convention de capitulation est sur le point d'être signée.

Napoléon explose de fureur, injurie devant ses officiers Joseph et Clarke. Il veut rejoindre la ville, se battre, dénoncer l'accord, pourfendre les traîtres. Son état-major ne le suit pas, c'en est fini de sa toute-puissance. Même Caulaincourt, le fidèle, le confident, l'ami lui dit que c'est fini, les troupes sont en train de quitter Paris, les coalisées entrent, si l'on se bat maintenant, cela sera le chaos. L'Empereur envoie un courrier à Marmont, il ne faut pas signer !

La réponse arrive, il est trop tard !

Il l'informe qu'il vient de signer, que les alliés vont entrer dans les prochaines heures, que les Parisiens et la Garde nationale ne veulent plus se battre depuis le départ de l'Impératrice, celui de Joseph et des membres du gouvernement de défense. Le mécontentement est grand d'avoir vu ceux-là mêmes qui devaient les protéger, s'enfuir en toute hâte. Il l'informe enfin qu'il mettra ses troupes en marche à 5 heures, ce jour du 31 mars 1814.

Tout s'est joué sur quelques heures, à n'en pas douter. S'il était arrivé le matin ou même en début d'après-midi le 30, la confiance serait revenue dans les rangs des Français et le doute se serait installé dans les rangs ennemis.

Marmont dans sa lettre, exagère les faits, non sur la population, découragé sans nul doute de la défection de certains, non sur la Garde nationale, découragée sans nul doute de se faire tuer sans équipement, ni fusils, ni cartouches. Mais il ne dit mot de l'armée.

Cette armée qui ne sait pas encore à cette heure qu'on la conduit loin de Paris pour ne pas qu'elle voie les troupes étrangères y pénétrer. Napoléon le croit, pense peut-être que l'armée l'a aussi abandonné, il rejoint alors Fontainebleau, s'y installe et à cet instant, imaginant encore comment vaincre cette coalition, alors que ceux-ci vont faire leur entrée.

Voilà mon ami, où il se trouvait. Imagine sa fureur, son ressentiment et sa colère devant les faits et la faiblesse des hommes censés le représenter dans un gouvernement.

Mais que tout cela est loin, et nous ne pouvons refaire la France de 1814.

On parle beaucoup depuis quelques jours partout ici de l'épidémie de choléra[43] qui se répand à Marseille. On dit que ce fléau serait arrivé par un bateau, la Sarthe, en provenance de Saigon et qui a fait escale à Toulon. Il semble que ce mal a touché la ville d'Arles ces derniers jours, la population est inquiète. Évidemment les liaisons sont nombreuses entre la métropole et le Tonkin, depuis le début de cette guerre franco-chinoise qui n'en finit pas.

Les militaires ont demandé d'attaquer Pékin. Depuis l'embuscade de Bac-Le, où l'une de nos colonnes a été attaquée malgré l'accord de paix intervenue en juin par le traité de Hué, ils sont furieux. À cause de cela, la guerre a repris, mais Jules Ferry ne veut pas déployer une opération

[43] Dernière pandémie, elle provoqua plus de 1700 morts.

d'envergure, il a dit à la chambre que les manœuvres se limiteraient à la péninsule indochinoise.

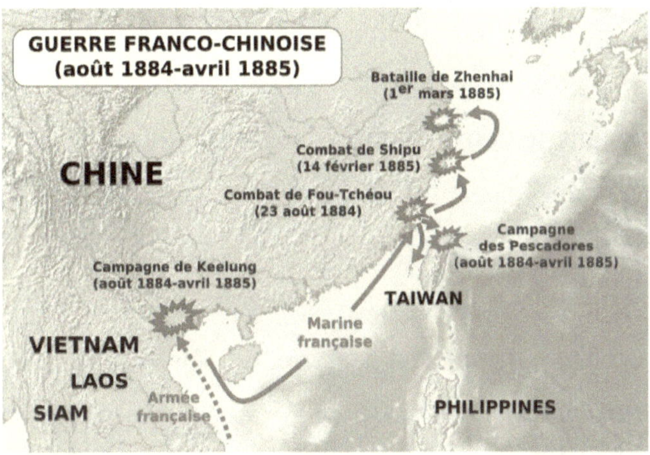

En fait, le gouvernement a peur des réactions de la Russie et de la Grande-Bretagne si nous pénétrons plus avant sur le territoire des Qing[44]. Il a mis sur pied une escadre navale importante pour ce conflit.

Je te laisse, mon ami, il est tard et je vais profiter des derniers beaux jours de cet automne pour aller flâner sur les boulevards, à l'endroit même où mon ami Maupassant fait évoluer son héros, surnommé « Bel-Ami[45] ».

Adieu mon ami.

---

[44] Cette dynastie, d'origine mandchoue, dirige la chine depuis 1644, après avoir destitué celle des Ming. Elle sombre petit à petit dans l'anarchie sous les pressions des puissances occidentales. Elle est destituée par la révolution chinoise de 1911. Le dernier Empereur abdique le 12 février 1912, à l'âge de six ans.

[45] Paru en feuilleton dans le journal Gil Blas, il sera publié en 1885.

Le 5 octobre 1884, Quimper.

Lettre à Henry Houssaye.

Cher ami, je t'envie de flâner sur les boulevards ! Mais je ne me plains pas, profitant moi aussi de la douceur de l'automne, j'aime me promener sur les quais de l'Odet.

Je voulais nuancer ta description sur « *la fureur, le ressentiment et la colère devant les faits et la faiblesse des hommes censés le représenter* ». Car en fin qui donc a nommé ces hommes ? Qui savait la faiblesse des arsenaux en fusils et munitions ? Qui savait le manque d'argent ? Qui disait quelques jours avant cette capitulation que si l'ennemi arrivait aux portes de Paris, il n'y avait plus d'Empire ? Qui ne voulait pas ériger des fortifications de peur d'effrayer la population ? Qui voulait faire partir l'Impératrice et le Roi de Rome ? Qui voulait que le gouvernement se réfugie sur la Loire ?

Lui ! Oui lui Napoléon, Empereur des Français !

Alors, je ne le plains pas, si les hommes l'ont abandonné, c'est qu'il a abandonné Paris !

Mais je connais ton admiration. Tu es comme notre grand homme Victor Hugo. Républicain, ennemi des dictateurs, défendant la veuve et l'orphelin, prêt à l'exil pour défendre ses idées, sachant écrire sur la misère, mère de tous les vices, défendant la capitale contre les Prussiens en 1870 sur les barricades, ami de Garibaldi, de Louise Michel, demandant l'amnistie pour les communards de 1871, infatigable défenseur de la liberté d'opinion et de la presse, mais aimant le grand homme. Voyant derrière Napoléon, le Bonaparte qui garda les acquis de la révolution de 1789.

Cependant il a parfois pris de mauvaises décisions, au risque de te déplaire.

Il aurait dû armer les ouvriers en 1814, et les incorporer dans la garde nationale, il s'est rangé à l'avis de son entourage qui avait peur des Parisiens armés. Il se plaignait des proches qui ne savaient prendre de décisions, comme Joseph, mais il avait trop gouverné, ne laissant peu de place à son entourage. Il aurait dû faire surveiller les proches de ses proches, comme ce monsieur Jaucourt, chambellan du roi Joseph, et accessoirement espion de Talleyrand, profitant de sa situation pour lire tous les courriers qu'il envoyait à son frère, rapportant ainsi les opérations militaires au prince de Bénévent, qui lui devait les rapporter aux armées alliées[46]. Ce même prince, qu'il avait demandé à Savary d'éloigner de la capitale, sachant que celui-ci, ministre de sa police, n'était pas à la hauteur de sa tâche. Il disait de lui qu'il était ou maladroit ou qu'il ne le servait plus.

Il savait par ailleurs que son frère avait une charge trop lourde pour ses épaules, c'est pour cela qu'il le traita de « cochon de Joseph » la nuit du 30 mars, devant tous ses officiers.

Alors, oui, il porte aussi la responsabilité de ces évènements, n'a-t-il pas écrit que les grands succès et les grands revers ont aussi marqué son histoire et l'ont perdu.

Je te laisse, mon ami, renseigne-toi auprès de ton ami Maupassant pour savoir s'il compte publier prochainement son feuilleton du journal, Bel-Ami.

Ton dévoué ami de Quimper.

---

[46] Mémoires d'André Miot, ambassadeur et de Savary, ministre de la police.

Le 19 octobre 1884, Paris.

Lettre d'Henry Houssaye.

Mon ami, j'ai tardé à te répondre, mais je voulais rencontrer Guy, enfin Maupassant pour te préciser qu'il a négocié avec les éditions Ollendorff[47] pour une parution l'année prochaine.

Le succès de l'ouvrage dans Gil Blas, m'a fait penser que ce mouvement littéraire que l'on dénomme maintenant « réalisme » peut aussi décrire notre correspondant depuis le début de cette année sur la campagne de France. Nous avons essayé de décrire le plus fidèlement possible la réalité, sans passer sous silence les erreurs et les manquements de Napoléon, toi surtout.

Je viens de lire le dernier roman d'un écrivain de ce mouvement littéraire, Émile Zola, que tu connais par ailleurs. Je te conseille de le lire, « Au bonheur des dames ». Il décrit très bien ce monde merveilleux des grands magasins. Je ne crois pas que ces grands commerces feront disparaître les échoppes de nos villes. Comment peut-on imaginer la fermeture de toutes ces boutiques que nous

[47] Fondé par Paul Ollendorff, très active à la fin du XIX siècle

apporte ce dont nous avons besoin, et qui nous permet de tisser le lien avec la société ?

Mais revenons à notre sujet, nous n'avons pas décrit l'entrée des coalisés dans Paris, nous l'avons juste évoqué !

Le 31 mars, le Tsar est tout à son rêve depuis deux ans : défiler dans Paris après l'humiliation de Moscou !

Le matin même, il reçoit la délégation, préfet en tête. Il leur assure qu'il n'a pas d'ennemis dans leur cité, et qu'il en a qu'un seul en France, Bonaparte. La délégation lui demande des protections pour les citoyens, les habitations, les musées, les monuments publics, la Banque de France, le maintien de la gendarmerie, les boutiques, les…Inutile, répond-il, je prends Paris sous ma protection. Il leur assure que les troupes ne seront pas logées chez l'habitant, il faut juste assurer la fourniture des vivres…Trop contents et satisfaits de leurs ambassades, la délégation repart, il faut annoncer la bonne nouvelle à tous !

Durant ces entrevues, un personnage est présent, il s'appelle Alexandre de Laborde. C'est un aristocrate, marquis, archéologue, homme d'affaires et accessoirement homme politique. Il est connu par le conseiller et ministre du Tsar, Nesselrode, qui lui demande, à part, l'opinion politique en ce moment précis. Il lui répond que la majorité penche pour le retour des Bourbons. Mais qu'il faut interroger Monsieur Talleyrand qui lui est bien informé sur l'état d'esprit des Parisiens.

C'est le premier acte de la restauration.

Caulaincourt, à la demande de l'Empereur et parce qu'il connaît bien le dirigeant russe, se rend au château de Bondy, où il loge depuis la veille et doit négocier la paix, mais à quelles conditions ?

Alexandre Ier n'a plus besoin de négocier quoi que ce soit. La délégation est venue, répartit, elle représente le gouvernement, elle a négocié pour la France. Caulaincourt repart vers l'Empereur, il sait à cet instant que le Tsar ne veut pas d'une paix avec Napoléon. Il n'est plus la personne avec laquelle on signe un traité.

C'est le second acte de la restauration.

Au même moment, la ville et ses habitants sont soulagés. On connaît les demandes des coalisés. On sait que l'Empereur russe a pris Paris sous sa protection. Ni joie, ni tristesse, on est soulagé. Enfin, cela va finir. La paix, le calme, les affaires, le commerce, le travail, la vie normale vont reprendre. Et si c'est au prix d'une abdication de Napoléon et d'un retour d'un Roi, peu importe.

Mais il y a une méprise pour les Parisiens, ce jour-là.

Depuis quelques mois, et pour ne pas se tirer dessus, avec tous ces uniformes différents, les coalisés ont adopté le port d'un brassard blanc pour se reconnaître. Le blanc, c'est la couleur de la royauté. Au moment de l'entrée des troupes d'élite russes, prussiennes, autrichiennes et allemandes dans la capitale, les Parisiens se disent que ces étrangers veulent le retour du roi. Et puis, lors des défilés dans la ville, quelques centaines de royalistes ont préparé un accueil enthousiaste. On crie, vive le Roi, vive les alliés ! On porte la cocarde blanche, l'écharpe blanche. On fait croire qu'il faut restaurer la royauté, et pas seulement pour la population, également pour les coalisés.

C'est le troisième acte de la restauration.

Les troupes défilent, en magnifique uniforme flamboyant, ils ont l'air en bonne santé. Quel contraste avec nos « Marie-Louise ». Ceux qui se massaient maintenant sur leurs passages criaient leur admiration et leur ardeur royalistes, ils étaient quelques milliers, les autres n'étaient pas là, on n'oublie pas facilement les morts de ses enfants. Par la suite, l'Empereur russe se rend dans la demeure de Talleyrand, qui l'attend. Il lui précise que les alliés ont maintenant trois choix possibles, faire la paix avec

Napoléon en prenant des garanties, établir une régence avec l'Impératrice Marie-Louise, ou installer un Roi. Talleyrand prend la parole et indique que la paix ou la régence n'apportera aucune garantie pour l'Europe. Seul le retour du roi est le gage d'une paix durable.

Ce fut le quatrième acte de la restauration.

Le dernier se jouera dans les jours suivants. Talleyrand se fait fort de faire signer par les sénateurs les plus hostiles à Napoléon, sa déchéance. On rédige de suite une déclaration où les souverains étrangers indiquent qu'ils ne traiteront plus ni avec Napoléon ni avec sa famille. On force la main aux sénateurs.

Ce fut le dernier acte.

J'en ai terminé pour ce jour. Dans la prochaine lettre, je t'indiquerai une anecdote que je vais de découvrir dans des mémoires.

Crois, mon ami, en toutes mes tendresses.

À te lire.

Le 26 octobre 1884, Quimper.

Lettre à Henry Houssaye.

Cher ami, le froid s'installe maintenant dans notre région.

Je viens de visiter une propriété que je souhaite acquérir, sise sur les hauteurs de Frugy, face à l'Odet.

Elle est plus grande que celle que j'habite à ce jour. C'est une maison de maître avec remises, un grand parc anglais, une terrasse qui donne sur la rivière, de grandes pièces, une cuisine imposante, et une salle de billard en font son charme. Le prix n'est pas neutre, 125 000 francs[48]. Mais mon héritage de l'année dernière me permet d'envisager sereinement cet achat.

J'ai lu avec attention ta lettre décrivant l'entrée des armées étrangères. Donc si je ne me trompe pas, il y a en ce jour du 1er avril 1814, une royauté provisoire à Paris, une régence à Blois où s'est réfugiée Marie-Louise, et un Empire à Fontainebleau où loge l'Empereur. Amusant, à défaut d'être tragique !

[48] Environ 600 000 euros.

Je connais maintenant les détails de ces premiers jours d'avril 1814.

Prenons la royauté provisoire, le prince de Bénévent va s'enquérir en tant que vice-président du Sénat, de tous les soutiens qu'il peut avoir pour faire voter la déchéance. Je sais qu'il va faire aussi désigner par la haute chambre, la nomination des membres du gouvernement royal. Lui, bien sûr, le duc Dalberg, ancien diplomate, le marquis de Jaucourt, ancien général de l'armée des émigrés, l'abbé de Montesquiou, qu'on surnomme le « petit serpent », et le général Beurnonville, rancunier pour ne pas avoir été nommé maréchal.

On reprend en main les journaux et on leur fait publier des articles élogieux sur les événements qui vont suivre. On nomme des amis royalistes dans tous les ministères. On reçoit l'abbé Pradt, celui que l'Empereur avait congédié de par ses malversations financières en Allemagne. On délibère à l'Hôtel de Ville, où sur proposition de l'avocat Bellard, ancien procureur du roi, on appelle à désobéir à Napoléon et on demande le retour du Roi. Les anciens nantis de l'Empire crient à qui veut les entendre que Bonaparte est un lâche et un charlatan, ceux-là mêmes qui l'encensaient la veille.

Le 2 avril, le sénat est convoqué. La déchéance est adoptée, avec l'ajout d'un acte d'accusation, d'usurpation et d'abus de pouvoir. Cette assemblée qui s'était prostituée depuis six ans avec servilité[49], qui avait voté toutes les demandes de Napoléon, se condamnait elle-même. Lui qui parlant du Sénat, disait, « elle en a toujours fait plus qu'on ne lui ne demandait », avait raison. L'assemblée vote aussi la déchéance, mais avec plus de retenue. Certains ne votent pas ou ne signent pas, alors qu'au Sénat, c'est l'unanimité.

Durant les manœuvres du gouvernement provisoire, sous la férule de Talleyrand et des étrangers, le reste de la France continue à recevoir les ordres de la Régence. À Blois, on s'agite. On lance des proclamations, on réorganise les services, on publie les conscriptions, on arrête les émissaires de Paris et des alliés. Certaines régions et villes apprennent l'existence du gouvernement de Paris que vers la mi-avril. Les ordres partent de Blois comme ils partent de Paris, mais ce ne sont pas les mêmes. On a établi sur une ligne d'Orléans à Montargis une ligne infranchissable entre la royauté et la régence.

L'Empereur, informé de la réponse du Tsar à laquelle il s'attendait, réorganise son armée, établit de nouveaux plans

---

[49] Phrase d'Hyppolite Taine, historien français, 1875.

et galvanise ses troupes comme le 3 avril lors d'une cérémonie de la Garde impériale dans la cour du château.

Il veut, à défaut de la paix, livrer sa dernière bataille. Il peut compter sur 60 000 soldats qui se sont regroupés dans les alentours, prêt à combattre. Nous sommes le 4 avril, il est déchu, mais pas vaincu. Les alliés ne l'ont pas attaqué, la peur encore de se faire battre par ce diable d'homme.

Talleyrand le sait, il commence à craindre d'avoir été trop vite en besogne, d'autant plus que le Tsar a obtenu ce qu'il voulait, défiler sur les champs Élysées, le reste commence à l'ennuyer, notamment les intrigues des royalistes.

Mais, je sais que tu voulais me dévoiler une anecdote importante qui s'est déroulée durant ces premiers jours d'avril je te laisse le soin de me le dire, ou plus exactement de me l'écrire.

Bien à toi, ton dévoué ami.

Le 1er novembre 1884, Pairs

Lettre d'Henry Houssaye.

Mon ami, le froid s'installa ici aussi, il n'est pas rare de voir les gelées blanches au petit matin.

J'espère visiter l'année prochaine ta nouvelle habitation, située, qui plus est, sur la colline du Frugy, sais-tu qu'à la révolution, on changea le nom de Quimper pour la montagne de l'Odet ?

Mais revenons à ce que tu appelles une anecdote ! Non, mon ami, c'est un fait historique important.

Tu sais que Talleyrand souhaitait la mort de l'empereur, et cela depuis des mois, pensant ainsi en toute quiétude devenir le Premier ministre de la royauté (il avait même pensé un moment devenir le Premier ministre de la régence).

Un homme, Roux-Laborie le comprit à demi-mot ou comprit sa pensée. Royaliste, avocat, journaliste, il est tout naturellement le secrétaire du gouvernement provisoire. Il prit contact avec un aventurier, Jacques de Beauregard, comte de Maubreuil, marquis d'Orvault, ancien capitaine, chassé de l'armée, chassé de la cour du Roi Jérôme dont il fut un temps l'écuyer, menant grande vie et spéculant sans cesse, ruiné en ce printemps 1814.

Il le convoque, lui demande d'attenter à la vie de Napoléon, en contrepartie d'une récompense de 200 000 francs de rente (une fortune pour l'époque), d'un grade de lieutenant-général et d'un titre de Duc. Pas d'hésitation l'aventurier accepte, demande une avance immédiate, va chercher des complices dans l'armée. Deux jours plus tard, le 3 avril, convoqué de nouveau par Roux-Laborie, il s'entend dire que l'on a plus besoin de lui tout de suite, la mission est différée, mais on le rémunère d'une partie de la somme tout de suite.

Différée, car entre-temps, la trahison s'est mise en place.

Cet assassinat sera pourtant replanifié le 18 avril, par les mêmes personnes. À cette date, Napoléon a abdiqué, oui, mais il part en exil, donc il est toujours dangereux, car on revient d'un exil.

Dans les mémoires de Vitrolles, et d'après les dépositions de Maubreuil, le 18 avril, cet aventurier quitte Paris à la tête d'un détachement de cavaliers. Mais il s'arrête en chemin pour dérober les bijoux de la princesse Wurtemberg, nièce du Tsar. Il est arrêté durant les cent jours, puis après la seconde restauration. Il est accusé de vol de grand chemin. Pour sa défense, il avoue durant l'instruction ce qu'il devait accomplir au nom du gouvernement provisoire. Il produit des ordres de mission, signé par les nouveaux ministres de la police et de la guerre de l'époque. Il était chargé de « hautes missions secrètes ». Il accuse nommément Talleyrand d'avoir commandité l'acte[50].

Voilà, ce fait historique que je te livre.

Mais avant ces évènements, la trahison se met en place. Depuis le 31 mars, Marmont est acquis à la cause de Talleyrand et au retour de Louis XVIII. Il reçoit des missives le 2 avril. Le 3, on lui envoie un ancien aide de camp, acquis à la cause royaliste, Charles de Montessuy. On lui indique dans une lettre du gouvernement provisoire qu'il

[50] Voir l'affaire Maubreuil de Fréderic Masson, 1907, et les Mémoires du baron de Vitrolles.

doit sauver la France. On s'adresse à lui, car il est le seul avec son intelligence à comprendre ce que les autres maréchaux ne peuvent comprendre. Il aura la reconnaissance du pays tout entier. Il ne doit plus obéir à son chef. On le flatte encore et encore.

Dans ses mémoires, Marmont indique qu'il a accepté les propositions des ennemis pour sauver la France. Mais comment dénomme-t-on la livraison et l'abandon à ceux-ci des positions militaires ? La trahison !

Son ancien aide de camp le quitte ce jour-là avec avoir entendu de lui, qu'il rangera ses drapeaux sous la cause royaliste. Il écrit le jour même à Schwarzenberg pour lui dire qu'il quittera avec ses troupes l'armée de l'Empereur, contre la garantie de ne pas être inquiété, lorsqu'il ira rejoindre la Normandie avec ses régiments, et que l'on garantisse la vie de l'Empereur. À Fontainebleau, on ne sait rien de ses tractations. Marmont occupe Essonne et Corbeil. On était à la veille d'une bataille, les ordres partent. Le plan est prêt, les troupes défilent et crient « Vive l'Empereur ».

Mais tu connais la suite, aussi je ne vais pas t'abreuver de récits que nous avons évoqués ensemble.

Pour changer de sujet, j'ai lu dans les journaux qu'une conférence doit se tenir à Berlin prochainement afin que les grandes puissances se « partagent » l'Afrique. Comment peut-on se partager un continent sans tenir compte de l'avis de ses habitants. Autour de la table de négociation, ils seront tous là, l'Allemagne, l'Angleterre, les États-Unis, le Portugal, l'Espagne, la Russie, la France, l'Italie, les Pays-Bas, la Belgique, l'Autriche-Hongrie, la Suède-Norvège et l'Empire ottoman. On divise et on se partage.

La découverte des mines de diamant du Transvaal et des richesses du bassin du Congo ont aiguisé les appétits de ces puissances. Tout le monde revendique les territoires. Les tensions sont fortes, on est à la veille de déclaration de guerre. Bismarck a eu l'idée de cette conférence qui doit régler les problèmes. Déjà, il y a deux ans, la Belgique s'est attribué l'Etat indépendant du Congo avec la souveraineté du Roi des Belges, Léopold II et la France le Congo français.

Comme tu peux le constater, par le traité de Paris de 1814, on se partageait l'Europe, par le traité de Berlin en cette année 1884, on va se partager l'Afrique. Autre temps, autre continent !

Ton dévoué et fidèle ami parisien.

Le 10 novembre 1884, Quimper.

Lettre à Henry Houssaye.

Cher ami, la conférence dont tu parlais dans ta dernière lettre s'ouvre dans quelques jours[51].

Le roi Léopold II se verra confirmer plus de 2 millions de kilomètres carrés, soit dix fois plus que son Royaume de Belgique. Quelle outrecuidance !

Savais-tu qu'il est le petit-fils par sa mère de notre dernier roi, Louis-Philipe. Je suppose qu'en lisant ces lignes, tu ne peux t'empêcher de penser que notre Jules Ferry, président d'une République ne fait pas mieux en revendiquant l'autre partie du bassin du Congo et la partie inférieure du bassin du Niger jusqu'au lac Tchad. Ces territoires sont immenses. Je pense que nous n'avons pas fini d'évoquer ce continent, qui prendra un jour au l'autre son indépendance.

Mais revenons à notre sujet, tu me dis : « *Mais tu connais la suite, aussi je ne vais pas t'abreuver de récits que nous avons évoqués ensemble* », mais je pense qu'il

---

[51] Elle se tiendra du 15 novembre 1884 au 26 février 1885.

faut le faire ! Imagine que notre correspondance soit publiée dans un siècle ou deux ! Le lecteur voudra sans doute connaître la fin de cette année 1814, car on aura oublié les épisodes importants de la campagne de France. Qui saura qu'elle se termine par une trahison qui signifie la fin de l'Empire ? Qui connaîtra encore le nom du maréchal Marmont, duc de Raguse ? Qui saura ce que veux dire « raguser » ? Et comment sa trahison fut organisée ?

J'imagine de loin tes pensées, te disant…mon ami a raison ! Alors je poursuis !

Comme tu le soulignes, Napoléon est prêt pour la dernière bataille. Le 4 avril, Macdonald arrive avec ses trois corps d'armée, renforcer le dispositif. Les troupes de Mortier sont à Menecy, celles de Lefol à Billy, la vieille Garde à Tilly, où Napoléon veut transférer son quartier général, celles de Lagarde à Auvernaux, Defrance à Fontenay, la cavalerie à Melun et à Saint-Germain sur Ecolle, Oudinot à Fontainebleau.

L'armée est prête, les hommes, les sous-officiers, les officiers, sont prêts, mais pas les maréchaux. Eux, ils veulent la paix, rentrer chez eux à Paris, se reposer, goûter des joies de la famille et des richesses accumulées. Mais ils ne veulent pas trahir, non, ils veulent que l'Empereur abdique pour son fils, une régence de l'impératrice, un changement de Maître, mais pas un changement de Régime. Ils garderont ainsi leurs privilèges, car qu'adviendra-t-il d'eux si la royauté revient ? Eux des enfants de la Révolution, puis de l'Empire !

Alors Ney, Oudinot, Macdonald, Lefebvre font irruption dans son cabinet ce matin-là. Il vient de passer les troupes en revue. Il prend les dernières dispositions avec Caulaincourt, Berthier et Bertrand. Ney lui proclame que le Sénat l'a déchue, que les alliés occupent Paris, que c'en est fini de cette campagne. Il faut signer la paix, et abdiquer ! Napoléon lui répond que le Sénat n'a pas le pouvoir de la déchéance, qu'il va écraser les alliés, que leurs dispositifs ne peuvent résister longtemps, sans ravitaillement, sans coordination et sans stratégie.

Le silence est pesant, lourd, personne ne lui répond, personne ne lui objecte, c'est un mur d'hommes hostiles, indifférents, ils veulent l'arrêt des combats. Il peut passer outre, il sait que ses régiments vont lui obéir, et pas à eux. Il sait qu'il peut compter sur de jeunes colonels ou généraux qui mèneront les divisions au combat. Il sait qu'il peut arrêter les mutins, un mot suffirait à l'officier de garde.

Mais quelle image resterait, Napoléon faisant arrêter la totalité de ses maréchaux d'Empire. Ceux-là mêmes qui l'ont accompagné sur tous les champs de bataille depuis plus de vingt ans. Alors il les congédie tous, sauf son fidèle Caulaincourt qui lui avait suggéré depuis quelques semaines de signer l'acte en faveur de Napoléon II et de l'Impératrice pour sauver les restes de son Empire, et de pouvoir un jour le reprendre si besoin était.

Alors, il écrit : « *Les puissances alliées ayant proclamé que l'Empereur napoléon était le seul obstacle au rétablissement de la paix en Europe, l'Empereur, fidèle à son serment, déclare qu'il est prêt à descendre du trône, à quitter la France, pour le bien de la patrie, inséparable des droits de son fils, de ceux de la régence de l'Impératrice et des lois de l'Empire* ».

Prêt à descendre, mais pas à laisser le pouvoir vacant à d'autres, imposés par des coalisés ou des ennemis de l'intérieur. Il charge Caulaincourt de porter le pli au Tsar, il lui adjoint deux maréchaux Nez, et Macdonald pour bien montrer encore que son état-major lui est, sinon fidèle, du moins acquis à sa décision. On ne pourra pas penser à vouloir rétablir une royauté et abattre l'Empire qu'en ayant l'armée impériale contre. Il leur dit en précisant la mission de passer informer Marmont qui pourra les rejoindre dans leur ambassade ou rester au sein de ses troupes. Il a confiance dans son ancien aide de camp de la campagne d'Italie.

Durant ces événements, Marmont a reçu la lettre de garantie de Schwarzenberg, il a pris ses dispositions, il va faire quitter les positions à ses troupes cette nuit. Il veut profiter de l'obscurité pour les tromper. Mais il ne peut tromper les généraux, il faut les rendre complices de sa trahison, alors il les convoque. Dans ses mémoires, il écrit ensemble. Faux ! Il leur en parle séparément, tous l'indiqueront pas la suite, et il leur fait jurer de garder le secret. Certains vont refuser comme Fabvier. D'autres seront indifférents comme Meynadier, certains seront convaincus comme Digeon et Souham. Il ne parlera pas à ceux qu'il sait, soutien indéfectible de l'Empereur comme Lucotte. Certains s'opposèrent frontalement comme Bourdesoulle qui lui indiqua qu'il resterait sur place avec sa cavalerie. Marmont lui rétorque qu'il partira cette nuit.

Ainsi, il veut partir, ouvrir la route de Fontainebleau, mettre l'Empereur à la merci des ennemis, et laisser Mortier à découvert sur sa droite.

L'ambassade des maréchaux arrive au camp de Marmont, lui explique la mission et lui demande de venir avec eux. Il est pris au piège, car enfin si l'Empereur abdique, son accord avec les alliés est une félonie. Et si ceux-ci acceptent la demande de Napoléon, qu'adviendra-t-il de lui, sous une régence si l'on connaît son accord secret ?

Alors, il leur avoue ses négociations avec le Russe. Consternés, les maréchaux se font plus pressants pour qu'il les accompagne, pensant que sa conduite est injustifiable. Avant de partir, Marmont donna le commandement à Souham, en lui précisant qu'aucun mouvement ne doit se faire avant son retour. Dans le même temps, il lui demande de donner lecture aux troupes de l'acte d'abdication de l'Empereur ! Un document secret, dont les négociations n'ont pas encore acté les suites ! Non seulement on va démoraliser l'armée, mais en plus il trahit ouvertement !

Marmont par cet ordre voulait un retour arrière impossible. Car, cher ami, admettons, mais c'est une supposition, que le Tsar ou les autres souverains refusent, que font les maréchaux ? Ils reviennent certes à Fontainebleau, en rendent compte à l'Empereur. Et que peut leur dire celui-ci ; « *Vous voyez bien, l'abdication que vous réclamez, ils l'ont refusé ! Que nous reste-t-il ? Le combat ! »*.

Car Marmont connaît les projets des alliés et du gouvernement provisoire, le retour du Roi. Il pense alors qu'ils vont refuser la proposition. Alors, il pense que les autres vont rentrer dans le rang et suivre Napoléon dans la dernière bataille. En donnant lecture de l'acte, comme s'il était accepté, il met tout le dispositif militaire à terre, c'est tout le centre qui est absent, ses troupes ne seront pas présentes le lendemain matin pour l'engagement au combat.

Les ambassadeurs arrivèrent à Chevilly au quartier général de Schwarzenberg au matin du 4 avril. Ils expliquèrent leur mission et demandèrent un laissez-passer. Marmont les accompagne, il voit le général autrichien à part. Il lui explique le retrait de ses engagements qu'il lui a fait la vieille. Que dit Schwarzenberg ? Nul ne le sait !

Marmont explique dans ses mémoires qu'il accepta. Drôle d'acceptation que de faire partir immédiatement un courrier à faire paraître dans le journal du lendemain, le 5 avril et qui dit ceci : « *Le maréchal Marmont, duc de Raguse, a abandonné le drapeau de Bonaparte pour embrasser la cause de la France. Il est arrivé à Paris, il y sera suivi du corps d'armée qu'il commande et que l'on porte à 12 000 hommes* ».

Apprenant la nouvelle de l'arrivée des maréchaux porteurs de la proposition impériale, Talleyrand fait mander les membres du gouvernement, qui s'empresse d'aller voir le Tsar en délégation et de lui rappeler son engagement du 31 mars pour le rétablissement des Bourbons. Il les renvoie, les parlementaires sont en attente dans une pièce du palais. Ils entrent tous les trois, Caulaincourt, Ney, Macdonald. Marmont n'a pas eu le courage de voir le Tsar qui connaît son accord écrit, il est parti se réfugier dans la demeure de Ney. Ils donnent lecture, puis plaident avec ardeur et conviction cette proposition. Ils expliquent que l'armée est toujours fidèle à son chef, et que seule, cette solution pourra leur convenir. On peut ainsi donner satisfaction à la grande majorité de l'opinion française, car il faut le dire, la cause des Bourbons n'a pas beaucoup progressé ces derniers jours, en dehors d'un petit cercle de royalistes. Macdonald insiste : « l'armée ne peut souhaiter le retour de la royauté, étrangère à ses services et à sa gloire ».

L'Empereur russe est, d'après tous les témoignages, ébranlé, la discussion s'éternise, il prend la mesure de cette proposition, il n'a jamais vraiment voulu le retour des Bourbons, alors pourquoi pas[52] ?

À ce moment, un officier entre dans la pièce, se penche et dit quelque chose à Alexandre. Il le fait répéter. Puis il prend la parole et dit aux maréchaux : « *Vous prétendez vous appuyer pour me demander une régence sur l'inébranlable attachement de vos troupes au gouvernement impérial, mais en ce moment, l'avant-garde de Napoléon vient de faire défection et de passer dans nos lignes* ».

Voilà cher ami, si j'ai pu oublier un évènement, un détail, un fait, n'hésite pas à me corriger, ton ami le plus sincère.

<hr>

[52] D'après le récit de Nez, « les négociations semblaient promettre les plus heureux résultats », d'après le récit de Macdonald, « l'Empereur de Russie acceptait nos propositions et tout paraissait arrangé ».

Le 15 novembre 1884, Paris

Lettre d'Henry Houssaye.

Mon ami, quel lyrisme, j'ai cru un moment que tu étais présent, que tu avais vu dans un rêve éveillé la scène !

Non, je n'ai ni détail, ni fait, ni anecdote, ni agissement, ni situation à ajouter. Tu as tout dit, tout décrit, tout narrer.

Mais, il faut maintenant expliquer au lecteur quelle est cette « avant-garde » qui fait défection à Napoléon.

Oui, ce sont bien les troupes de Marmont, et pourtant celui-ci se trouve à Paris. Alors par quelle étrange circonstance, ont-elles fait mouvement ? Par l'attitude imbécile de son adjoint, le général Souham.

Un ordre de l'Empereur demandait à Marmont de se rendre à Fontainebleau. Rien de particulier à cela, le même ordre avait été donné à tous les chefs de division et corps. Peut-être les dernières instructions en attendant le retour de l'ambassade des maréchaux[53].

Mais le général Souham prend peur, c'est lui qui doit se rendre au camp de l'Empereur, en l'absence de son chef. Et

---

[53] Il s'agissait de consulter les chefs de corps sur le sentiment des troupes,

si celui-ci connaissait leur trahison ? Il serait alors en tant que complice fusillé séance tenante ! Au même moment, Gourgeaud, officier d'ordonnance de l'Empereur demande à le voir. Pourquoi ? Il refuse de le voir. Il réunit les généraux du corps d'armée qui avaient accepté la défection, leur dit qu'il va se faire fusiller, et eux aussi puisqu'ils sont complices. C'est la panique. Il leur dit que Marmont, lui s'est mis en sûreté à Paris, alors eux aussi doivent partir se mettre en sûreté, il faut partir.

On donne l'ordre à toutes les troupes de prendre les armes, on quitte les lieux, on se met en mouvement. Souham envoie une missive au feldmarschall Schwarzenberg pour l'avertir du mouvement qui va s'effectuer et tel que prévue quelques heures plus tôt. Et c'est ainsi que celui-ci envoie une dépêche au Tsar pour l'avertir le 5 avril à deux heures du matin que l'avant-garde française vient de faire défection.

Le général Fabvier refuse de partir, il veut qu'on attendant le retour de Marmont. N'étant pas écouté, il part au galop à Paris, passe les lignes, et arrive à trouver son chef, l'informe du départ des troupes. Il court prévenir les autres maréchaux qui sortent de l'hôtel du Tsar et qui viennent de l'apprendre, et sait que tout espoir d'une abdication est perdu. D'après les déclarations que recueillit Gourgeaud auprès de Fabvier lors de l'enquête de la commission des maréchaux, Marmont aurait dit aux autres qu'il aurait donné un bras pour que cela n'arrive pas. Macdonald lui aurait répondu que c'est sa tête qu'il faudrait donner, cela ne serait pas de trop.

Talleyrand vient aussi d'apprendre la nouvelle, s'en félicite, lui et les autres membres du gouvernement. Il contacte Marmont pour l'ovationner, c'est l'homme qui les sauve tous du déshonneur et de la prison sans aucun doute.

Marmont à cet instant aurait pu rejoindre rapidement ses troupes et donner un contre-ordre, il n'en fait rien. Il reste pour l'instant à Paris, et reçoit les félicitations, et les promesses de récompense du gouvernement pour son acte.

Durant ces instants, les régiments de Marmont marchent sur Versailles, là où se trouve le corps d'armée russe et autrichien. Il fait nuit, ils entendent bien des mouvementa de troupes autour d'eux, pensent que c'est la cavalerie française, mais ce sont les régiments ennemis qui leur ouvrent le passage. Cependant des officiers ont des doutes, s'interrogent, un corps de cavaliers polonais fait demi-tour. Des officiers repassent la rivière de l'Essonne pour se renseigner. Au petit matin, le jour se lève et les soldats voient les troupes qui les entourent. Des cuirassiers russes chevauchent sur leurs flancs. Des Autrichiens leur rendent les honneurs militaires à chaque bivouac. Ils ont été trahis par leurs officiers. Les murmures, les cris, les hurlements fusent. On s'en prend aux généraux. Ils doivent se réfugier dans les rangs ennemis pour se protéger. Encerclés par les Russes, les bavarois et les Autrichiens, les colonnes françaises sont conduites jusqu'à leur casernement de Versailles. Ils y seront dans l'après-midi. Mais ils ne sont pas prisonniers pour autant, ils ne sont pas désarmés et les émeutes éclatent. Ces soldats, ces « Marie-Louise » veulent se battre et rejoindre l'Empereur. Les officiers, furieux d'avoir été trahis par leurs généraux, rallient les soldats, leur proposent de rejoindre l'armée impériale. La proposition est acceptée. Le commandement est donné au colonel Ordener, et toute la colonne se remet en marche vers Rambouillet, quittant Versailles sans être inquiète pas les Russes qui se sont réfugiés dans leurs casernes. On crie « vive l'Empereur », « à bas les traîtres ».

Souham avertir Marmont, les troupes se sont révoltées. Il prend la route, rejoint ses généraux félons à Versailles, leur dit qu'il faut voir les troupes, les calmer, et leur donner l'ordre de faire demi-tour. Traître oui, mais pas lâche !

Il part avec quelques aides de camp pour essayer de les convaincre. Pendant ces instants, à Paris, Talleyrand et le gouvernement tremblent. La révolte est connue. Elle menace tout le dispositif et que dire de l'effet de cette nouvelle chez les coalisés. Les soldats de Napoléon ne font pas défection, ils ne passent pas dans les lignes ennemies, ce sont certains des généraux qui font défection et passent à l'ennemi.

On ne sait pas très bien comment s'y prit Marmont pour convaincre ses officiers de se calmer et de rejoindre les nouveaux cantonnements. Toujours est-il que ce jour-là, en fin d'après-midi du 5 avril, la colonne s'arrête. Elle ne rejoindra pas Rambouillet pour se replacer dans le dispositif de Napoléon.

D'après Marmont, il leur parla le langage de l'honneur ! Quel honneur ?

D'après le professeur historien Pierre-Nicolas Rapetti qui fut chargé de publier la correspondance de Napoléon en 1858, et dans le livre qu'il écrivit sur la défection de Marmont, il leur dit qu'ils devaient lui faire confiance, qu'il ne les avait jamais trahis. Faisant allusion à quelques combinaisons secrètes, il leur dit enfin qu'il leur jurait sur son honneur de maréchal qu'il disait la vérité. Voilà son honneur ! C'est ainsi qu'il arriva à stopper la révolte. Son « honneur » lui dictera de signer le lendemain, avec Schwarzenberg une convention antidatée au 4 avril. Il s'agit de la convention qu'il aurait dû signer ce jour-là, sans l'abdication surprise de Napoléon. Il l'a antidaté, car c'était le seul moyen de légitimer son action et celle de ses généraux et d'éviter le déshonneur dans l'immédiat et la cour martiale dans l'avenir.

Tout à son triomphe d'avoir rétabli la situation, il se précipite chez Talleyrand, son nouveau chef et explique aux membres du gouvernement royaliste « sa brillante action ». Tout ce petit monde le félicite, le congratule, l'admire, le complimente. C'est sa soirée de gloire, il est le héros de sa trahison !

Cette journée, cette soirée, ces instants seront suivis par trente ans de honte et de justification. En 1830, lors de la révolution de juillet, le duc d'Angoulême, dauphin de France, dit de lui qu'il l'a trahie comme il a trahi « l'autre ».

Il part en exil, après l'arrivée de Louis-Philippe, il y restera durant 22 ans, poursuivis jusqu'au bout par la vindicte populaire. À Venise, à la fin de sa vie, alors qu'il souhaite retourner en France pour y mourir, il est accompagné dans ses marches par des enfants de la rue qui lui criaient : « Ecco colù ga tradi Napoleon », « Voici celui qui a trahi Napoléon ».

Je te quitte, mon ami, ainsi se termine cette campagne de France. À te lire.

Ton sincère ami.

Le 29 novembre 1884, Quimper.

Lettre à Henry Houssaye.

Cher ami, j'ai mis du temps à t'écrire, ne sachant quoi te dire.

Nous sommes arrivés au bout de cette campagne de France d'il y a 70 ans, sauf que je connais mal les actions des derniers jours de l'Empereur avant son départ pour l'île d'Elbe, et encore plus mal ce que l'histoire dit de sa tentative de suicide à Fontainebleau. J'attends ta lettre qui m'indiquera ces derniers moments de l'abdication.

Sache que le froid s'est intensifié, ce matin en me promenant, j'ai vu l'Odet charrier des petits blocs de glace. J'espère que nous n'allons connaître de nouveau cette période de froid que citent les anciens[54] et qui fit connaître des hivers très rigoureux dans notre Cornouaille bretonne.

Sais-tu qu'avant cette période, on faisait pousser la vigne ! Je ne parle pas du vignoble nantais, mais bien sûr d'autres territoires, notamment autour de la vallée de la Rance, du côté de Dinan, et dans le Morbihan. On produit

---

[54] Petit âge glaciaire où la terre se refroidit de 1300 à 1850.

encore la fine de Rhuys, une eau-de-vie fabriquée à partir du vin des vignes de la presqu'île.

Il semble qu'à Paris, on prend des mesures de prévention, plusieurs cas de choléra ont été signalés. N'hésite pas, si besoin était, à venir te réfugier ici.

On dit que le bourg de Bellegarde-sur-Valserine dans l'Ain serait le premier endroit de France à être électrifié grâce à l'usine électrique Louis Dumont qui permet avec sa retenue d'eau de fabriquer et d'emmagasiner par je ne sais quel moyen cette nouvelle énergie qui, dit-on, à permis de fournir de la lumière à des rues et quelques particuliers. Dès l'installation d'une semblable usine dans la région, je serai parmi les premiers à me faire installer ce nouveau moyen d'éclairage, ma vue baisse et je dois souvent arrêter de t'écrire quand le jour décline.

À bientôt, cher ami.

Le 6 décembre 1884, Paris

Lettre d'Henry Houssaye.

Mon ami, tu as raison, on parle de cette nouvelle électricité. Il se murmure ici qu'à l'occasion de la prochaine Exposition universelle à Paris, prévue pour 1889, on va prévoir un plan d'installation dans la ville de cette nouvelle énergie. Le thème de cette exposition sera la Révolution française, et l'on va construire une tour de plus de 300 mètres de haut, grâce au projet du concours gagné par Monsieur Eiffel.

On prévoit aussi des expositions sur le thème des colonies, et un village « nègre » de 400 indigènes sera réalisé. On prévoit aussi le spectacle de Buffalo Bill lors de cette manifestation, qui se tiendra au printemps. J'espère que l'on pourra visiter ensemble cette exposition.

Pour répondre à tes questions sur les dernières journées de l'Empire en 1814, sache que l'Empereur a connu la défection de Marmont avant même le retour de ses maréchaux de Paris. Comme je te l'ai déjà indiqué, je pense qu'il avait eu l'idée, si les alliés refusaient l'abdication, que ses maréchaux reviennent sur leur décision et voudraient se battre. Les envoyer comme plénipotentiaires n'était pas dénué d'intérêt.

Le soir du 4 avril, il se décide à envoyer un ordre de présence à tous les chefs de corps pour les sonder sur le soutien de leurs hommes, nous savons que c'est cet ordre qui précipita le mouvement de l'armée de Marmont par la panique et la peur de Souham.

Napoléon commença à avoir des doutes. Le général Lucotte qui avait refusé de suivre Marmont puis Souham, l'avertit que l'ordre d'abdication avait été lu aux troupes. Gourgeaud indiqua que Souham n'avait pas voulu le rencontrer. Puis les officiers et la cavalerie polonaise qui avaient fait demi-tour durant la marche de nuit l'alertèrent en arrivant à Fontainebleau. Devant tant de témoignages, il comprend la trahison du duc de Raguse et déclare que cet ingrat sera bien plus malheureux que lui, le reste de sa vie. Il comprend aussi que l'échec de la proposition est inéluctable. Il ordonne des dispositions, pour colmater la brèche de l'Essonne, et permettre le repli de l'armée au-delà de la Loire.

Le 5 avril, il fait sa déclaration émouvante aux armées. On y voit le regret, le dégoût, et le dépit. Puis dans la journée, il donne les ordres, il attend le retour de ses ambassadeurs, mais sans illusions. La garde formera la tête de colonne et rejoindra Malesherbes le 6 au petit matin. Le reste des troupes suivra de telle façon que, Mortier formant l'arrière-garde, le 7 avril le début de l'armée serait à Pithiviers et la fin sur Menecy.

Dans la soirée, les trois plénipotentiaires arrivent à Fontainebleau. Ils donnent le résultat, sans surprise, la trahison de Marmont va permettre le refus de la régence de l'Impératrice et le retour du comte de Provence, futur Louis XVIII.

Il leur propose alors son plan de bataille, se retirer derrière la Loire, rejoindre l'armée de Soult qui se bat dans le sud, s'appuyer sur la population et revenir conquérir la capitale. Il pense alors que la crainte du retour d'un roi n'emporte la décision de ses maréchaux pour le suivre. Peine perdue ! Ont-ils eu des assurances par l'intermédiaire de Talleyrand sur le maintien de leurs privilèges ? Car enfin deux jours complets pour présenter et se voir refuser rapidement la solution, qu'ont-ils fait par la suite ? On dit que le Tsar ne leur donna une réponse que le 5 vers midi, mais l'on sait aussi qu'ils rencontrèrent Talleyrand avant et après l'entretien. On sait aussi que de leur propre autorité, avant de revenir, ils passent voir Schwarzenberg pour signer un armistice, qui fut mis le 6 avril à 10 heures à l'ordre du jour des armées !

Ney prit la parole pour signifier à son Empereur que le seul choix qui lui restait, était une abdication, sans condition. Pas de régence ! Les autres l'approuvent ! Après les avoir écoutés, il les congédie.

Que se passa-t-il par la suite ? On sait que les ordres de marche furent donnés le 5, qu'aucun contre-ordre ne fut transmis pour les annuler, mais que le 6 avril au matin, le repli ne se fit pas. Avaient-ils annulé ses ordres ? Ont-ils réussi à convaincre tous les généraux de division ? On sait que le 5 avril au soir, une réunion secrète des généraux se tient, elle sera dévoilée par le général Friant, le chef de la vieille Garde.

Dans une correspondance retrouvée de Talleyrand à Ney et envoyé le 5 avril à Fontainebleau (était-il devenu son chef ?), il lui écrit : « *L'Empereur a paru se résigner, j'espère que demain matin, il me remettra l'acte officiel.* ». Est-il devenu ambassadeur de Talleyrand après avoir été celui de Napoléon ?

Le 6 avril au matin, il réunit une dernière fois tous ses maréchaux, leur demande de le suivre, et de continuer la lutte. Ils refusent, indiquent qu'il ne lui reste que peu d'armée, qu'il est cerné, et que sa position amènera la guerre civile. Ils se sont désolidarisés de lui, ils ne sont plus sous ses ordres, ils se sont mis sous les ordres du gouvernement royaliste.

Vous voulez du repos, leur crie-il, et bien vous allez en avoir, et il signe ce jour-là, l'acte définitif de son abdication sans restrictions.

Les officiers supérieurs désertent à l'instant même le palais de Fontainebleau. Ils partent tous à Paris faire acte d'allégeance au gouvernement royaliste. Ney, triomphant porte l'acte à Talleyrand. Le sénat proclame Louis XVIII roi de France.

Il ne reste près de l'Empereur que le ministre Maret, des officiers d'état-major et quelques fidèles comme Gourgeaud et Drouot. Les soldats ne suivent pas ce mouvement, L'étonnement, la colère les gagne. On crie, à bas les traîtres ! Vive l'Empereur !

Partout en France dans les jours qui suivent on voit des régiments se soulever. Les soldats étrangers sont casernés, on craint plus que la sédition. On craint la mutinerie, la révolte et la prise du pouvoir par les régiments de la grande armée, enfin ce qu'il en reste. Toutes les troupes sont éloignées de la route que doit prendre l'Empereur pour rejoindre le bateau qui le conduira à l'île d'Elbe. Dans presque toutes les villes, les soldats refusent d'aborder la cocarde blanche et de prêter fidélité au roi. Des bagarres éclatent partout entre les soldats français et les soldats étrangers. Il y eut même un combat dans le jardin du Palais-Royal fin avril. On tire, des blessés par balles jonchent le sol. Début mai, des soldats alliés sont tués dans un cabaret, les femmes françaises qui dansaient avec, sont sabrées. Des séditions, des révoltes éclatent dans toutes les garnisons.

Il ne faut pas s'étonner si un an plus tard, à son retour d'exil, il fut acclamé par les troupes, loin des réserves d'officiers supérieurs qui durent se plier à son retour.

Pour le suicide, on dit que c'est Caulaincourt qui comprenant le geste de l'Empereur le sauve. J'ai mon ami, une autre version. Dans la nuit du 12 avril, il prend une dose de poison. Il veut que son corps soit exposé aux Français avec un visage calme. Il dicte ses dernières volontés à Caulaincourt. Il est mal en point, souffre énormément, on appelle le médecin Alexandre Yvan à qui il demande une autre dose. Celui-ci refuse et s'enfuit à cheval. L'agonie se poursuit lente, mais son incroyable constitution le sauve. Les effets se dissipent, il se remet petit à petit. La seule chose que fera Caulaincourt, c'est de demander à son valet et aux soldats de garder le silence.

Comment, me diras-tu, n'est-il pas mort ?

Les témoins racontent qu'il fut pris de violents vomissements, ce qui explique que le poison ne fit que peu d'effet, car il s'agit du poison de Condorcet[55], un mélange d'opium et de stramonium, qu'on appelle parfois le « pain des frères ». Il semble que cela soit la marquise de Brinvilliers en 1672, qui assassinat son père et ses frères avec ce poison dissimulé dans un pain, ce qui lui valu ce nom étrange.

Voilà mon ami, les réponses brèves à tes questions légitimes.

Ton ami.

[55] Jugé suspect au moment de la terreur, il est arrêté en mars 1794. Deux jours plus tard, on le retrouve mort, il se serait suicidé par le poison.

Le 13 décembre 1884, Quimper.

Lettre à Henry Houssaye.

Cher ami, merci pour tes réponses précieuses, et documentées comme à chaque fois.

Noël approche, et ma foi, je serai heureux de recevoir ma petite famille qui me visite chaque année en cette période. Je suis en train de préparer le menu de cette année et cela n'est pas toujours facile. Donne-moi ton avis.

Je compte démarrer avec des darnes de saumon glacées, suivies par un filet de bœuf en Bellevue[56] et des pains de canetons de Rouen ou des poulardes de Bresse rôties, je ne sais trop, une salade Potel[57] servie avec un filet d'huile et pour terminer des glaces succès aux fruits. Pour accompagner un haut Sauternes, un Saint-Julien en carafe, et certainement un Beaune Calvet de 1878 fera honneur.

Je me dis que cette année se termine. Te souviens-tu le début de notre correspondance en janvier ? Je te demandais ce que signifier ce nom de « Marie-Louise ».

[56] Du nom du château de madame de Pompadour.
[57] Du nom des traiteurs Potel et Chabot, créé en 1820, la maison existe toujours.

Je voulais pour terminer te dire le plaisir que j'ai eu à te lire et à correspondre. Vivement les premiers beaux jours pour que nous puissions nous revoir. Écris-moi avant la Noël.

Ton ami de Quimper.

Le 18 décembre 1884, Paris

Lettre d'Henry Houssaye.

Mon ami, bravo ! Quel repas de fêtes, personnellement je voterai pour le poulet de Bresse, mais à la crème. Voici comment procéder.

Il faut éplucher un oignon, et le couper finement. Prends des champignons de Paris que tu pourras laver et couper, mais pas trop finement, en 4 ou 6 morceaux. De l'ail bien sûr, ne pas hésitez sur la quantité ! Découpe ton poulet en morceaux, les ailes, les cuisses, les pilons et fait dorer ceux-ci au beurre salé, avec un feu très vif. N'oublie pas le sel et le poivre, ajouter les champignons l'oignon et l'ail. Dans la cocotte, verse ensuite du vin blanc sec et ajoute un peu de farine blanche. Puis, très doucement sur un feu réduit, ajoute de la crème fraîche, remue doucement. Laisse mijoter durant une demi-heure. Goûte, tu sauras ainsi s'il faut ajouter quelque chose. Pour terminer avant de servir, préchauffe ton four à gaz, dépose tes Bresses dans un plat et enfourne-les durant 20 minutes, tu les sors ensuite tu déposes les morceaux dans un plat en les nappant de la sauce. Servir très chaud, tu verras ta famille va se régaler.

Pour le reste de ton menu, rien à dire et bravo pour le choix de tes vins.

Ta lettre est bien courte, il est vrai que tu dois être tout à la préparation des fêtes.

J'irai pour moi avec mon amie et des proches passer le réveillon au restaurant, mais le choix est difficile. Je pense cependant me rendre au Brébant[58].

Passe de très joyeuses fêtes.

Ton ami Henry Houssaye.

FIN

[58] Restaurant situé boulevard Poissonnière et fondé en 1865. Célèbre pour les dîners des élites intellectuelles et littéraires de l'époque.

Annexe : La campagne de France

Il y eut trois périodes distinctes lors de cette brève campagne de trois mois.

La première de l'invasion de début décembre jusqu'à fin janvier voit la coalition avançait rapidement, occupait le territoire et être à quelques dizaines de kilomètres de Paris.

La seconde de fin janvier à fin février voit les armées de Napoléon battre les armées ennemies, et les mettre en déroute.

La troisième voit après la reddition de la ville de Soissons, le recul des armées de l'Empire, la bataille de Paris, et l'abdication de l'Empereur.

Après la campagne de France, Louis XVIII et les bourbons sont de retour. La première restauration débute. Le roi essaye de concilier les aspirations du peuple français à plus de libertés, et les volontés des royalistes qui veulent le retour de la monarchie de droit divin. Ceux-ci veulent que tout le système repose sur des lois divines et éternelles. Le peuple n'est rien, c'est le roi, élu de Dieu qui gouverne. C'est ainsi que de nouveau la politique et la religion sont étroitement liées par les élites. On les nomme les « ultras », et cet ultracisme compare la chute de l'Empire et le retour de la monarchie comme l'accomplissement d'un miracle biblique.

Ils appartiennent souvent à la petite noblesse de Province, voulant se payer des vingt ans d'exil et de pauvreté qu'ils ont connus.

Ils en seront à rejeter Louis XVIII, mais aussi à brutaliser les populations.

Leur excès permettra à Napoléon de revenir pour les cent jours.

À suivre : « Les voltigeurs du Mont-Saint-Jean »

Bibliographie, Référence, Essais, et Œuvres.

– 1814, la campagne de France, Henry Houssaye, 1888.

– Mémoires du sergent Bourgogne 1812, par Paul Cotin, 1910.

– Les cahiers du capitaine Coignet, par Larchey, 1883.

– Vie politique et militaire de Napoléon, par le Baron Henri de Jemini. Tome 1, 2, 3 et 4.

– Lettres du général Partouneaux, 1817.

– Manuscrit de 1814 pour servir à l'histoire de l'Empereur Napoléon, par le baron Fain, 1827.

– Mémoires du général de Caulaincourt, édition de 1933, tome 1, 2 et 3.

– Mémoires du général Rapp, 1823.

– Histoire de Bernadotte, roi de Suède et de Norvège, par Touchard-Lafosse, 1858.

– Œuvres de Napoléon Bonaparte, 1821.

– Les trois actes d'abdication de Napoléon, Charles-Eloi Vial, 2014.

– La défection de Marmont, Pierre-Nicolas Rapetti, 1858.

– Le duc de Raguse devant l'Histoire, par le Baron Larrey, 1857.

– Souvenirs autobiographiques d'un émigré, par le Baron Vitrolles, 1824.

– L'affaire Maubreuil, Fréderic Masson, 1907.

– La mémoire des grands boulevards du XIX siècle, Charles Rearick, Laurent Colantonio, 2006.

– Histoire de l'éducation des filles, Rebecca Rogers, 2007.

– Les infanticides sous la IIIe République. Dominique Dessertine 1999.

– Dictionnaire Napoléon, Damas Hinard, 1854.

– Souvenirs et campagne d'un vieux soldat de l'Empire, commandant Parquin, 1901,troisième édition.

Dépôt légal octobre 2018, ISBN : 979-10-94133-25-5

JMB EDITIONS

Couverture © **Matthias Becquet**

Prix 7,90 €